女妖

[日]江户川乱步 /著

梁 玥 /译

民主与建设出版社
·北京·

©民主与建设出版社，2022

图书在版编目（CIP）数据

女妖 /（日）江户川乱步著；梁玥译. --北京：民主与建设出版社，2022.9

ISBN 978-7-5139-3962-1

Ⅰ.①女… Ⅱ.①江… ②梁… Ⅲ.①推理小说－日本－现代 Ⅳ.①I313.45

中国版本图书馆CIP数据核字（2022）第168988号

女妖
NÜYAO

著　　者	［日］江户川乱步
译　　者	梁　玥
责任编辑	吴优优　金　弦
封面设计	尚上文化·海　凝
出版发行	民主与建设出版社有限责任公司
电　　话	（010）59417747　59419778
社　　址	北京市海淀区西三环中路10号望海楼E座7层
邮　　编	100142
印　　刷	三河市骏杰印刷有限公司
版　　次	2022年9月第1版
印　　次	2022年10月第1次印刷
开　　本	880毫米×1230毫米　1/32
印　　张	8
字　　数	154千字
书　　号	ISBN 978-7-5139-3962-1
定　　价	49.80元

注：如有印、装质量问题，请与出版社联系。

目录 CONTENTS

- 名门贵族　　　/ 001
- 秘密结社　　　/ 013
- 子宫内幻想　　/ 027
- 双筒望远镜　　/ 037
- 目击者　　　　/ 051
- 暗号日记　　　/ 065
- 犯罪嫌疑人　　/ 077
- 浴室情迷　　　/ 091
- 跟踪战术　　　/ 103
- 奇怪的画家　　/ 111
- 神南庄　　　　/ 123
- 明智小五郎　　/ 133
- 由美子的秘密　/ 151
- 由美子的推理（一）/ 171
- 由美子的推理（二）/ 185
- 防空洞　　　　/ 207
- 幻戏　　　　　/ 221
- 女妖　　　　　/ 237

名门贵族

庄司武彦是位二十五岁的单身青年，他的父亲曾担任那家在银座开了店的大公司——京丸株式会社的董事。京丸原本是二战后发迹的古董商，为方便做生意，才成立了京丸株式会社，而武彦的父亲正是那里的股东之一。武彦去年刚从大学的文学系毕业，然而他既没找工作，也不想进父亲的公司，虽算不得游手好闲，但他一直足不出户，靠读书打发日子。说起来他也称得上是位文艺青年，但凡大众文学他都喜欢，尤其对推理文学有着超乎寻常的热情。总之，他是个侦探小说迷，这在文学青年里并不多见。

他的父亲与旧时的侯爵大河原家在生意上有往来，出于这层关系，父亲劝导武彦，让他去大河原家担任秘书一职。武彦只考虑了两天便答应去试一试。

战前，侯爵大河原义明年仅三十岁就当选为贵族院议员，在政治领域施展抱负。然而战败之后他被革除了公职，自那以后他便远离了政界。现如今他在实业界占据了一席之地，兼任好几家产业会社的社长与董事。

大河原家是北陆大名①的后裔。战前的名门贵族几乎都没落了，只有大河原家幸存到今天，委实不可思议。不仅仅是"幸存"，大河原家的财力甚至比战前还要雄厚。这一方面当然要归功于现在的一家之主——义明罕见的精明才干；另一方面，也是得力于黑岩源藏老人的财政手腕。黑岩源藏老人一家历代都在大河原家任总管家一职，现在的他则被人称呼为经理。战败后随即缩水到只有原先几十分之一的大河原家的家产，在这数年间又重新膨胀，为原先的几百倍。

大河原家宏伟而壮观的宅邸位于现如今的港区，也就是原来的麻布区。这座宅邸曾一度为占领军所征用，物归原主之后按照往昔的样子进行了修复，又重新找回了名门贵族大宅院那副庄严古朴的风貌。即便是在东京，这样的宅邸也实属罕见。

不过，庄司武彦之所以愿意来给这位大人物当秘书，倒不是为这些物质原因所吸引。他对大河原氏实业家的这层身份几乎毫无兴趣。之所以做这个决定，完全是因为他早就知道这位五十六岁的大贵族是颇具英国绅士风度的侦探小说爱好者。

众所周知，曾经的侯爵大河原义明十分喜爱侦探小说，曾有家报纸花大篇幅报道过。某天，某位著名的侦探小说家拜访了大河原家，并就侦探小说与义明促膝长谈了好几个小

---

① 大名，日本古时封建制度中，对高级别领主的称呼。

时。据报道称，大河原氏对西洋犯罪史与古典侦探小说侃侃而谈，有许多知识就连那位著名的小说家都没听说过，令他瞠目结舌。

武彦随父亲出席某次宴会时，曾被引见给大河原氏，与他交谈过一两句。父亲说，那时大河原氏知道了武彦这个古董商的儿子是侦探小说迷，就萌生出了请他当秘书的想法。正是父亲的这番话引起了武彦的兴趣。

这位曾经的伯爵还是业余者魔术俱乐部的会长。在一年一度的魔术表演大会上，大河原氏甚至亲自登台，表演大型魔术给众人看。除此之外，他还有一个公开的嗜好，那就是用显微镜和望远镜进行观察。归根结底，他是迷恋透镜所具有的魔术性。大贵族这些个充满孩子气的癖好，深深地吸引着庄司武彦。

一直以来，武彦的父亲都是大河原氏这位大人物坚定的崇拜者。并且他天天挂在嘴边的口头禅就是：

"现在哪还有什么道地的贵族老爷啊，就连皇族也彻底平民化了。再看看大河原大人的派头，完全就是过去的贵族老爷嘛。现在的人一点儿也体会不到大贵族的好处。贵族老爷的见识也好、风度也好，或者说那种气场也好，实在是让人一点儿毛病都挑不出来。如今人们总说封建制度这也不好那也不好的，但像大河原大人那样不同凡响的人物也只有封建制度才孕育得出来啊。绘画与雕塑也是同样的道理。被过去的大名与西方的王公贵族们所收藏的、并非出自商业目的而创作的绘画,才自有一番风骨。雕塑也是这样,人也是这样,只有在封建时代家世凌驾于万人之上的贵族,才可能拥有平庸的庶民模仿不来的高雅魅力啊。大河原大人就是这样一位与众不同的人物,他是这世上最后一位贵族。用'大人'这个词可能会被你们这些家伙嘲笑,但的的确确没有比这更适合他的称呼了。

"还有他的夫人,着实是位落落大方、举止优雅的小姐,真不愧同为名门贵族出身呀。虽说现在这位夫人是续弦,因此与大河原大人年纪有些悬殊,但他们二人真是一对佳偶。大人乃是有福之人,他若是能让你住在那座宅邸中为他服务,对你应该是大有裨益的。这份工作对你的将来决计不会造成什么损失。"

然而,现在再回过头来想一想,现实竟大大脱离了武彦父亲的预测。武彦在当上大河原氏秘书之后不久,就被卷入奇异的犯罪旋涡中,被迫尝到了难以名状的痛苦滋味。

初秋的某一日,决定就任秘书一职的庄司武彦来到那扇宏伟的宅门前,准备正式成为大河原家的一员。这座宅邸分为日式建筑与西式建筑两部分,访客一般先在日式建筑区的玄关处请求引见。玄关十分宽敞,铺有老式的台阶板。

武彦站在台阶板前,按下柱子上的门铃,立刻便有个十四五岁的少年拉开玄关隔扇走了出来。他身着崭新的藏青色立领学生制服,礼貌地双手交叠、弓身抬首看向武彦,问道:"请问您是哪一位?"武彦将父亲写的引荐信递给少年并报上名字,少年说道:"请稍候。"随即便走入内宅通报去了。须臾,他又回到玄关处说道:"请随我来。"并走在前面为武彦带路。

武彦脱掉鞋子,踏上台阶板,跟在少年身后穿过走廊,拐了两个弯,尽头是一间空旷而幽暗的西式房间。房间里有一整面墙做了顶天式的书架,塞满了外文书。武彦有种错觉,仿佛这里并不是会客室,而是主人的书房。

武彦坐在长椅边上等候了片刻,身着结城茧绸质地便装式夹衣和服、腰系兵儿带①的大河原氏便走进了房间。武彦忙站起身来行礼,家主大河原则做了个手势,示意他不必多礼,同时从容不迫地坐在了扶手椅上。"我与你并非初次见面,而且我时常听你父亲谈起你的事,介绍就不必了。我先把工作上的事交代清楚。说是秘书,但其实也不需要你做什么复杂的工作,把自己当成我们家的一分子,帮我处理些杂务就好。代笔写些信件啦,整理各种文件啦,在外跑跑腿啦,我想想……大概也就这些了。还有就是来客人的话,你要跟在我身边一同接待。此外,当我外出时你也要随行。对了,我夫人可能偶尔也会委托你办些事情。"

大河原氏身材匀称、体格健壮。他肤色白净,看起来容光焕发。脸盘大,脸上的五官——眼睛啦,嘴啦,鼻子啦,也大。他梳着大背头,头发明显有些花白了。武彦看着

---

① 兵儿带,男人或小孩用的整幅布腰带。

他那胡须刮得干干净净的上唇与下颌果断地开合着，不由得想道："哦，这还真是一副名副其实的老爷面孔啊！"他的措辞亦是惯于命令别人、充满威严感的口吻。

"一会儿带你认识一下我家的管家黑岩，他可是个顽固的老头子。你的房间等事宜全都由他来安排。你的行李呢？"

"之后搬运工会送来。对了，家父还让我代他向您问好。"

"噢，好啊。那工作的事情就说到这里吧。"

大河原氏边说边从桌上的银烟盒中取出一根香烟，并用一旁的打火机点上了火。紧接着他看向武彦，露出了意味深长的笑容。

"哈哈，这就来了。"武彦心想。果不其然，大河原聊起了关于侦探小说的话题。

"我与江户川乱步君在什么大会上碰到过两三次。说起来的话，乱步君还曾到访过我家一次。要我说，他也不过是个凡夫俗子罢了。不过在他内心深处，似乎还是隐藏着某种有趣的性格的。你见过他吗？"

"没见过。倒是读过他的作品……先生您读过吗？"武彦不知该如何称呼这位家主，便姑且称他为先生。见对方并没露出什么异样的神色，于是他继续说道："先生知道明智小五郎这名私家侦探吗？"

"只是听说过而已，没见过。你呢？"

"我常去拜访他,可以说是知交。不过我记得之前和父亲在宴会上见到您时,曾向您提起过这件事……"

"哦?有这样的事?我不记得了。先说说,那位出名的私家侦探是个什么样的人啊?"

"江户川乱步把明智侦探写成了一个无所不能的人,其实有一半都是虚构的。但他本人的容貌与性格嘛,倒是同乱步笔下描写的差不多。身材瘦高,一头浓密的乱发,是位美男子。"

"年龄已经超过五十岁了吧?"

"您说的没错。但他看起来很显年轻,打扮得也非常时髦,不是那种做作的时髦。还有一点,那就是乱步笔下的明智总是笑眯眯的,虽然实际上他本人也是面带微笑,但那是一种令人心生畏惧的笑容,是一种令人感到'无论我的谎言有多高明,都会立刻被他看穿'的笑容。"

"嗯,是个相当有趣的人呢,我倒是想见见他。"

说完,大河原氏默默地吸了几口烟,随即又笑道:

"你看过乱步君写的《类别诡计集成》吧?"

没想到这位大贵族竟连那种冷门的东西都看过啊,武彦暗自惊诧,答道:

"看过。的确囊括了许多诡计类型,但我觉得分类方法除了他写出来的以外,还可以更多样化。"

"那是,还多着呢。单说诡计这东西本身,他没写出来的就有不少种呢。我在疲惫的工作之余,为了让大脑得到休息而阅读侦探小说,并不只是阅读而已,我还时常自己构思诡计。这是一种极好的大脑按摩法。我还曾想到过乱步君的诡计清单里没有的诡计,不过大都只能记住一会儿,第二天起床就全忘了。

哦,对了,那份诡计清单里有一章罗列出了各种不同寻常的犯罪动机,我觉得挺有意思。抛开这个不谈,单论犯罪动机,也还有许多他未罗列出来的,不是吗?一定还存在着谁都没想到过的动机,你也这样认为吧?出人意料的一点是,侦探小说家的思路其实很狭窄。"

武彦望着面前这位贵族老爷白净面庞上深邃的五官,对他不同寻常的嗜好暗暗感到惊叹。

"您真了不起。无论是在西方还是在日本,侦探小说家们都苦于想不出更新鲜的诡计而感到江郎才尽呢……等先生您方便时,请务必给我讲讲您想到的诡计。"

"嗯,再说吧。今后我们应该常有机会聊侦探小说。那么,我现在去把黑岩经理叫来,这会儿你就先看看这个书架上的书吧,西方古典侦探小说与犯罪史方面的书,我搜集得还是挺全的。"

话音刚落,这位大贵族就起身走出了房间,身影迅速消失在那扇门外。

武彦怀着强烈的好奇心站在书架前,一本接一本地扫视着书脊上的文字。令他艳羡的藏书数都数不过来。推理类的古典作品有沃尔波尔、拉德克利夫、刘易斯、梅图林等作家的数本哥特小说，这些藏书古色古香，令人爱不释手。此外还有狄更斯、爱伦·坡、库柏、柯林斯等小说家的古版作品全集整齐地陈列在书架上。

犯罪学方面的书籍有汉斯·格罗斯的《司法检验官手册》与《犯罪心理学》、沃尔芬的《犯罪心理学》、伦茨的《犯罪生理学》、龙勃罗梭的《犯罪人论》、伯恩鲍姆的《犯罪心理学》、菲利的《犯罪社会学》、克拉夫特·埃宾的《犯罪心理学》，甚至连哈夫洛克·霭理士的《犯罪者》都有。这些作品有英文原版的，有德文原版的，有法文原版的，也有意文原版的，在书架上排成一排。犯罪史类的作品亦很齐全，如大仲马的《著名犯罪故事集》、英国的《新门监狱纪事》，再到近些年来英、德的讼堂记录类书籍。这令人不由得联想到范·达因在《格林家杀人事件》中"于密闭的藏书室内"这一章的脚注里所列举的那些关于犯罪的书目，给人一种卖弄学问的感觉。

除了这些书，书架上还有许多各色各样的珍本，简直令武彦瞠目结舌。例如：由名叫 W.A. 威思罗的僧侣所著的《罗马的地下墓穴》，一名叫作 W.H. 马修斯的人写的大部头——《迷宫中的历史》，还有数本关于巫术与恶魔学的书籍，西洋魔术史、魔术师传记，等等。

日文藏书中，除各权威版的法医学书、犯罪学书之外，还有向军治译本的谷鲁斯的《采证学》、花井卓藏的《讼堂论丛》全集、南波杢三郎的《犯罪搜查法》正续编、江口治的《侦探学大全》、恒冈恒的《侦探术》等书，交错排列在书架上。武彦看到有六本崭新的江户川乱步随笔评论集整齐地摆放在一起，无声地笑了笑。只要有钱，什么书都能搞到手啊，他不由得长叹不已。

　　武彦沉浸在藏书中入了迷，当他感到背后有人时立刻转过身去，只见一位面色威严的老人腰板笔直地站在那里。他身着纯褐色和服与"仙台平"质地的和服裙裤，古铜色的四方脸上布满老年斑，眼眶凹陷、眼神锐利，粗黑的眉毛长得惊人，像撇八字胡一样突兀地挂在额头下。虽说已年过六十，却仍满头乌发，令人望而生畏。他就是过去侯爵家的总管，如今的经理黑岩源藏老人。

秘密结社

第一桩离奇的杀人事件发生在庄司武彦来到大河原家后的一个多月时。在这一个多月间，武彦已大致熟悉了大河原家的家族成员、经常来访的客人以及宅邸内的日常情况。

真正能称得上是大河原家家族成员的人，其实只有男主人，也就是原先的侯爵，以及他再娶的年轻妻子。前妻直到病故都没有孩子，现任妻子虽与他结婚近三年，但也尚未孕育子嗣。这位曾经的侯爵也没有什么亲戚寄居在他家中做门客。经理黑岩老人则住在外面自己的家中，每天来上班。还有就是年轻的夫人从娘家带来的老奶妈子，她已跟随夫人多年。只有这二人可以说是大河原家如同家族成员一般的人物，一辈子都不会被解雇。除此之外还有贴身女使两名、少年门房、司机夫妇、厨娘、女佣若干名以及看守庭院的老人，这些就是居住在宅邸的全部人等。

年轻的夫人由美子曾是大名华族①家的女儿，因战争而家道中落，双亲在战败后不久便因心力交瘁相继亡故，独留

---

① 华族，日本于明治维新至二战结束期间存在的贵族阶层。

她与哥哥相依为命。大河原氏就在那时向她求婚，并设法使其家族再兴。因此现在就连由美子的哥哥都娶了妻子，重新过上了富裕的生活。

由美子年仅二十七岁，连大河原氏一半的岁数都没有，且是个大美人，以至于武彦在第一次见到这位夫人时，脸都差点儿羞红了。当然，她完全不是战后派的那种风格，但也不是文静、不谙世事的大家闺秀，而是开朗得恰到好处且善于交际的性格。她发际处的绒毛十分显眼，眉毛也很浓密，这使得她的美貌带有几分美少年的英气。美丽的夫人将大河原氏视作父亲般敬爱有加，男主人大河原氏则给予了夫人强有力的庇护。在外人看来，就连夫人略带撒娇意味的任性都充满了魅力，似乎令大河原氏难以抵挡。

由美子也被丈夫的透镜嗜好症传染了。她喜欢用放在西式建筑二楼的一架构造简单的天文望远镜窥视窗外，还在日式建筑的檐廊下放了台有三脚架支撑的高倍望远镜，用来观察庭院中的花草与蚂蚁之类的昆虫，可以说是个奇特的爱好。这个爱好并非模仿他人，而更像是由美子自己发明的小游戏。

"你来看呀，那片沙地上的蚂蚁陷阱多有趣啊。蚂蚁会滑落进去，无论多拼命都爬不出来。于是沙土中就会嗖地跳出一只恐怖的怪物，用大钳子捉住蚂蚁，把它拽进沙子里哟。"

武彦与夫人已熟稔到能像这样闲谈的程度了。他试着将眼睛贴近目镜，那上面还留有夫人皮肤的余温。

即使用低倍望远镜看到的蚂蚁也会被放大很多。用肉眼看蚂蚁是黑色的，但通过望远镜看时，它连接头和躯干的细细的脖子以及足关节处都是红色的，膨大的尾部带有像长颈鹿花纹一样的条纹。它的足部还生有刺状粗毛。而从沙土中唰一下现身的怪物，那巨大的钳子令人联想到了史前的原始生物。

武彦刚将眼睛从目镜上移开，夫人又凑过去看了起来。她不停地变换角度眺望着，庭院里的每个角落都不放过。突然，从夫人的樱桃小口中发出啊的一声惊呼，随即她便飞快地将眼睛从目镜上移了开来，面色变得惨白。

武彦忙将眼睛对准望远镜，只见一匹青色巨兽正一动不动地凝视着自己，它的头部呈三角形，复眼像一堆肥皂泡，令人感到毛骨悚然。武彦也吓了一跳，但转念一想，那不过是一只螳螂的脑袋罢了。

"那可是我最讨厌的东西！一看到它我就怕得发抖。快把它杀死……只是赶走可不行，它还会再飞回来的！"

武彦忙踩着在庭院里穿的木屐向螳螂所在的地方跑去，试图踩死它，但仍晚了一步。如同青竹叶般的虫子冷不丁地扑棱着翅膀飞了起来，猛冲向檐廊那边。夫人会受到多么大的惊吓啊，武彦一边想一边不顾一切地调头跑回檐廊。虫子撞上玻璃拉门后落在地上的同时，武彦也以迅雷不及掩耳之势伸手挥了过去。他慌慌张张地用木屐踩死了虫子。就在这时，他感到夫人温热的身体靠上了他的肩膀。一瞬间，他陷入了妙不可言的香气与柔软的肌肤触感中，巨大的冲击力令他几乎打起寒战来。

"哎呀，抱歉啦，我这么胆小。不过也怪不得我嘛，我就怕这种虫子。蛇啊什么的，我都不怕，可是……"

夫人急忙后退了一步，同时羞怯地笑了笑。她那美丽的面庞又恢复了血色。武彦脑海中浮现出人们常说的一种迷信的说法，一个人这辈子最害怕的虫子，就是从埋着自己胞衣的土地上爬过的第一只虫子。武彦自己最害怕的是蜘蛛，特别是那种身体扁平的大灰蜘蛛，它们与斑驳的墙壁融为一体并不停地爬来爬去，是武彦在这世界上最恐惧的噩梦。

频繁出入大河原家宅邸的客人形形色色，简直到了令人诧异的程度。尽管主人身兼社长与董事的要职，但他并不是每天都去公司，多数时候是在自己家中接受来自各公司员工的汇报。除这些因公到访的客人外，还有各种五花八门的来客，如政治家、宗教家、社会企业家、画商、茶道师傅、筝曲大家等，再加上实业界众多的熟人……担任秘书一职的武彦在短短的时间内便与各色人等都打过了交道，感到自己突然变得成熟起来。

除了这些客人，还有几名男客和女客是没什么要事也三天两头来府邸闲逛的。其中有两个人尤其令武彦感到警觉，他们都是大河原氏担任董事的公司的年轻员工，某天得了个机会上门之后就一直不请自来。现在倒好，完全享受着如同家族成员般的待遇了。

其中一人名叫姬田吾郎，是日东制纸株式会社公认的模范员工，二十七八岁，容貌俊美。他的眼睫毛很长，眼睛就像描了眼线一样，看起来稍显阴柔。性格也有些偏女性化，是个开朗活泼、与人自来熟的男子。

另一个人是城北制药会社的村越君,他也是公司优秀的员工,年纪与姬田相仿,但性格却不像姬田那样开朗,是个沉默寡言、不善交际的家伙。他面色苍白,总是表现出一副理智而谨慎的样子。这二人均是单身。

他们各自都具备着令大河原氏赏识的特质。在外人看来,这位曾经的侯爵似乎是想将他们其中的一人放在身边栽培,甚至令身为秘书的武彦感到有些嫉妒。姬田与村越私底下的关系并不好。姬田比村越早半年开始出入大河原家的宅邸,在村越出现前,一直仗着大河原氏的偏爱为所欲为。然而两个月前,村越也开始频繁出入大河原家,主人变得十分喜爱这名文静的青年。因此姬田暗中嫉妒着村越,这种嫉妒之情有时难免流露出来,使得村越也将姬田视作劲敌。

大约是在武彦受命担任秘书一职后的第十天,他在自己那间办公室,也就是西式建筑的一间小屋内,坐在办公桌前望向窗外的庭院时,恰巧目睹了一件怪事的发生。

大河原家宅邸中的庭院建于明治时代,一部分是模仿醍醐寺三宝院林泉①的建筑结构修建而成的,景色实为优美壮观。透过武彦办公室的窗子只能看到庭院的一部分,在相隔二十米左右、正对窗户的地方有株高大的香樟树,但武彦能清楚地看到,姬田与村越在需两人合抱才能围一圈的粗大树干旁,正面对面地站着。接近黄昏,天色已晚,因此二人似

---

① 林泉,有树丛、流水和池泉等的庭院。

乎没注意到窗内的武彦，只顾着你一言我一语地争论着什么。虽然听不清谈话的内容，但他们俩高亢的声音时不时地就会传入武彦耳中。

这场争论，似乎是脸色苍白的村越占了上风。他摆出一副极度蔑视对方的冷酷表情，步步紧逼。姬田的面色也不复往日的红润，阴沉得可怕，平日里那副平易近人的样子全然不见了。他在村越的唇枪舌剑下溃不成军，趔趔趄趄向后退去，看起来情形十分不妙。

然而就在一错眼间，他们俩的地位就完全颠倒过来了。处于劣势的姬田突然一个箭步上前，猛地举起右拳向村越砸去，拳风带着令人生畏的破空声。随后便见村越单手捂腮，跌坐在地上。看样子他是结结实实吃了姬田一记铁拳，就连赶快站起来的力气都没有了。姬田没再理他，就这样扬长而去。

片刻后，村越站起身来，他脸上的古怪表情令武彦久久不能忘怀，那是种恶魔般的冷笑。他将薄薄的嘴唇扭曲成冷酷的曲线，武彦从没在人类脸上看到过这样的表情。他的嘴唇翕动着，就像是缓缓打开的黑洞。他苍白的脸在暮色中格外显眼，仿佛是在狂笑。

又过了十二三天，武彦再度经历了一件不可思议的事。在此期间，武彦几乎没什么机会同村越与姬田在大河原家的宅邸碰面。不过若是这两人同席而坐，就算他们表面上想装出若无其事的样子来，恐怕也难掩彼此间强烈的憎恶吧。目睹了庭院中那番恶斗的武彦对此心知肚明，然而与他们同席的大河原氏与由美子夫人却似乎根本没觉察到这沉默的敌意。

就在庭院里上演了那出武斗剧十二三天后的某个晚上，武彦吃过晚饭，准备回自己家办些事。正当他走出大河原家宅邸的大门时，站在暗处的姬田走上前来，和他一起出了门。

"我正要回家呢，你也要去搭电车吧？"

"是的。"

"既然如此，那咱们就一起走到车站吧。"

到电车站要走七八条街，大街上冷冷清清的，只有绿篱与围墙绵延不绝。二人一边有一搭无一搭地闲谈着，一边走在几乎不见行人的昏暗街道上。

"秘书这份工作如何？有意思吗？"

"没有我想象的那么难，而且跟着主人能见识到各个领域的名人，现在我还是很感兴趣的。"

"听说你喜欢侦探小说？侯爵也有同样的爱好，所以他才这样赏识你的吧。"姬田称呼大河原氏为侯爵。"是不是很多侦探小说都写到过秘密结社？比方说柯南道尔的《五个橘核》，那还是我上中学时在英语课本上读到的呢。"

"有倒是有，不过我不怎么喜欢秘密结社这类题材。放在现实中挺有意思的，但大多数一写进侦探小说里就没劲了。美国的三K党——Ku，Klux，Klan嘛，据说那个组织直到今天还有余党。他们像从前一样，头戴只露出眼睛和嘴的白色三角形尖顶面罩，身穿白色罩衣，这样一来，结社成员彼此间都看不到对方的脸。他们在隐秘的地下室之类的地方汇合，召开杀人会议。你说的是他们吧？这样的事放在侦探小说里怪没意思的。"

"我也说不好。不过，要是日本有这样的秘密结社，你不觉得很恐怖吗？小说什么的远不及这种真实的事恐怖吧，这种真实的恐惧令人沉浸在其中无法自拔，你不这样想吗？"

他说的话有些怪异，武彦吓了一跳，不由得望向对方在昏暗中格外显眼的侧脸。

"难道你知道些什么事？关于这样的秘密结社的？"

"不知道，但我总感觉他们是存在的。你怎么认为？日本究竟有没有这种杀人的秘密结社呢？"

"我听到过传闻，说是左翼和右翼都有这样的组织，奉命让对他们不利的人物从这个世界上消失。在苏联，政府的秘密警察也会采取激进的方式铲除那些有问题的高官们，对吧？无论哪个国家都有以秘密结社为形式的小型杀人组织——有人到处这样煞有介事地宣扬呢。我也不知道是不是真的。不过这世上确实有些人们意想不到的事是真实存在的啊。

我不知道日本有没有杀人的秘密结社，但我知道共济会的秘密集会在日本也暗中进行着。他们的集会极富宗教色彩，会员在参加会议时均身着华丽的黑色外袍，上面绣着漂亮的金色刺绣，甚至还贴着刻有花纹的薄金板。会场内摆放着七支烛台，多数时候是在地下室等场所。他们的黑色外袍有许多种类，根据会员等级来划分。据说身为一个国家共济会副部长这样地位的人，穿着的外袍是最为华美的，就像大僧正①的袈裟一样。我从某个人那里弄来过一件共济会的黑袍子，上面绣得金光闪闪的，现在我还收藏在家里呢。这件袍子还不是等级最高的人的，说起来也就是个中层的外袍吧，就算是这样，那也已经华丽得不得了了呢。应该没什么人知道共济会在日本召开秘密集会的事吧？但这确实是真的。我收藏的袍子就是最好的证据。这样说的话，谁又能断言日本没有杀人的恐怖结社呢？"

聊到这里时，他们已经快走到电车站了，但二人都有些意犹未尽。姬田指了指车站对面的小公园，说道：

"我说，咱们去那里再聊聊吧。"

那里连公园都算不上，充其量可以说是一小片绿化地，稀稀拉拉地长着几棵树，树下摆放着两三条长椅，路灯朦胧的灯光从高高的铁柱上洒落下来，笼罩着这个小角落。他们二人并排坐在其中一条长椅上。

"庄司君，有件东西我想请你帮我看看。给，你觉得这是什么？"

姬田边说边从衣服口袋里掏出一封封口信，递给了武彦。

"你看看里面的东西吧。"

武彦将信举高，借着路灯昏暗的灯光看了起来。信封的封面上写着姬田的住所和姓名，但背面的落款处却是空白的，没写寄信人的姓名。信封里装的不是信纸，而是一件细长的物件，摸起来软乎乎的。武彦感到有些恶心，但仍把手

---

① 大僧正，僧纲中僧位最高的僧侣。

指伸进信封，将那件东西掏了出来。他定睛一看，原来是根白色羽毛，形状像是过去人们写字时使用的鹅毛笔。武彦心想，这会不会是鹅毛呢？信封里除了这根羽毛，就没有别的东西了。

"里面只装了这根羽毛吗？"

"没错。既没有信，也没有别的东西。寄信人是谁我也毫无头绪，只知道邮戳上写着日本桥邮局。你怎么理解呢？只是个恶作剧，还是……"

"应该是谁的恶作剧吧？你没什么怀疑的对象吗？会和你开这种玩笑的人。"

"我的朋友里绝没有会做这种蠢事的家伙，所以我觉得有些毛骨悚然。我可是一下子就想到了柯南道尔的《五个橘核》呢。"

"这是用活人做祭品的白羽箭[①]啊。"

"我也只能想到这层意思。无论是左翼的人还是右翼的人，我在侯爵府上都常能遇到，而且我还曾与他们发生过争执。我总管不住自己的嘴。或许我无心中说了什么得罪人的话，再或许，我听到了什么不该听的秘密。尽管我思来想去，依然毫无头绪……"

"不会吧？大河原府上哪有能脱口说出这等秘密之人啊。"

[①] 源于日本古代传说，寻求活人祭品的神会将白羽箭射在被选中的女孩家的屋顶上。

"我也这样认为，不过除此以外再没其他解释了呀……如果只是个恶作剧就好了，然而我总有种不同寻常的预感。老实说，我很害怕。"

路灯昏暗的灯光照射在姬田脸上，使他的脸看起来阴沉得可怕，与平素判若两人。完全是一副吓破了胆的样子。

这时，武彦突然想起了什么，脱口问道：

"不会是村越君的恶作剧吧？最近你和村越君的关系看起来可不大好啊……"

"我承认，村越是和我有过节。不过村越那种家伙不会干这种骗小孩的把戏，一星半点的可能性都没有。我可想象不出那位大哲学家干这种蠢事的样子。"

这时候，庄司武彦又想到一件怪事。某位右翼政客前来拜访大河原氏时，两个人先是说了些忧国忧民的话，随即大河原氏便厉声呵斥道：

"我们需要的是希特勒！如果不出一个希特勒般的人物，我们国家就完了！但不能是世界公敌，不能是挑起战争的希特勒。我认为得有个比希特勒还希特勒的人，即便不打仗也能获得万民拥戴，否则我们国家是没有未来的。"

武彦一下便将那时大河原氏激越的语气与白羽箭联系在了一起。他眼前浮现出大河原氏戴着奇怪面罩、只露出眼睛和嘴的样子，心里一惊。这个想象真是太滑稽了，不可能有这么愚蠢的事。虽说如此，但武彦眼前还是出现了一幅如同电影画面般的景象：一个头戴白色尖顶帽面罩、身穿白色罩衣的人，蜡烛忽明忽灭的红光照亮了某个阴森森的地下室……若是姬田窥见了大河原氏可怕的秘密,他收到白羽箭就没什么可奇怪的了。姬田谈起秘密结社之类的事,也是因为他自己隐约觉察到了这些吧。这种过度离奇的想象自有一种魅惑人心的魔力。

"庄司君,你的脸色好吓人啊,到底想起什么来了?"

姬田胆怯地问。

"不,没什么,只是些无聊的妄想罢了。我可能是中了侦探小说的毒,偶尔会陷入乱七八糟的妄想无法自拔。请别介意。没什么,真的没什么。"

"真是的。你别吓唬我嘛……不说这个了,听说你认识那位业余侦探明智小五郎,是吗?"

"是的,我有时会去拜访他。"

"那我有个请求,我想拜托你让明智先生给我出出主意。要是你把这封信和羽毛拿给他看,那位名侦探没准能发现什么线索也说不定。反正报警的话,警察也不会拿我当回事。所以只能请私人侦探帮我想想办法了。"

"我明白了,这倒是个不错的想法。不过明智先生现在正在关西旅行,应该是接到了什么案件的委托吧。我不知道他什么时候回来,但他要是回来了,我可以找他谈谈。"

"那就拜托你了。我先将这封信和羽毛都交给你,等明智先生一回来,就请你帮我找他问问。"

就这样,庄司武彦代为保管了这封寄件人不详的信和羽毛。然而,待明智小五郎从关西一带旅行回来时,一切都为时已晚,因为那件奇异的惨案在他回来前便发生了。

子宫内幻想

不知不觉间，庄司武彦竟将姬田吾郎委托给他的寄件人不详的信和羽毛置之脑后。秘书的工作出乎意料地繁杂，整理不熟悉的商业文件、写回信等事宜相当耗费精力，再加上还要时常陪同主人外出办事，武彦身不由己地度过了好一段忙乱的日子。

除了这些实质性的工作外，还有件事颇令他感到苦恼。只要一闲下来，这件事就会占据他的心。毫无疑问，姬田的"白羽箭"就是件足够令他产生好奇心的事，但另外这件事更具有一种不可思议的魔力，甚至让他全然忘记了姬田的"白羽箭"事件。

自初次见面后，主人大河原氏年轻的妻子由美子那美丽的身姿便在武彦心中扎下了根，且日益萌发。原本十分微小的由美子的身影，牢牢占据着他那呈圆形的、漆黑一片的意识世界的一个角落，并在转眼间开始生长，变成了几乎能填满他半个圆形意识世界的巨人。夫人的美丽身影不只是藏在他心中，还试图从外界从头到脚地包裹住他，令他战栗不已。

武彦有个癖性，比起包容对方，更偏好于被对方包容。

他还是幼儿时，总喜欢将属于自己的玩具和箱子之类的东西堆在房间一角围成圆形，然后坐在这圆形的围墙中。这样一来，从二维空间的角度看，自己就和外界切断了联系，这使得他内心充满安全感，既温暖又安宁。少年时期的武彦体弱多病，那时他喜欢用被子裹住自己。他总想处于被包裹住的状态，因此甚至不惜故意让自己生病。到了青年时期，他则喜欢窝在一个小房间里看书。房间越小他越喜欢。当他看见西方人在一节固定在地面上的火车车厢中生活的照片时，羡慕得不能自已。住在马戏团的带篷马车里，或是日本船上船老大一家逼仄的船舱生活，这类东西总带着些淡淡的怀旧感。

三年前，武彦才在阅读一本关于精神分析的书时得知，这竟然真的是一种怀旧感，被称为"胎内愿望"或是"子宫内幻想"。一般，婴儿被娩出母体后，仍然蜷起手脚、缩成一小团。武彦的癖性就是这种状态的延续，是出于对空旷而冷漠的外界的恐惧，因此想回到原先狭窄、幽暗、温暖的母体的一种愿望。"胎内愿望"也好，"子宫内幻想"也好，这些字眼让他产生了一种毛骨悚然的厌恶之情。厌恶自己的秘密被看穿。然而，越是厌恶，这种愿望越是强烈。这才造就了他厌世、厌恶自己的性格。

他幻想中的女性是能够每时每刻都包裹着他的。这里说的"包裹"，并不是指黑暗的子宫内，而是指用白皙、温暖且充满弹性的肉体敞开怀抱容纳全部的他。他少年时期就曾有过这样的幻想：一具巨大的女性肉体，飘浮在空旷而冷寂的空中。并且他总能感到有种冲动，令他想要钻进那具女体中。他想被那位美貌的巨人一口吞下，滑入她腹中。

对武彦而言，世界上的女性分为两种。包容男性型的女性与不包容男性型的女性。他只对前者有感觉，而后者，就算再美丽动人，也无法引起他的欲望。

大河原由美子这样的女性就属于典型的前者。武彦初次见到她时，便觉察到了这一点，因此他才感到羞怯，并不仅仅是为她的美貌所折服。并且，随着她的身影不断在他圆形的意识世界放大，她身上难解的谜团也变得益发扑朔迷离，如同遥远的异世界中变异了的人种一般。

"庄司，能把它搬到檐廊这里来吗？"

二人在走廊上相遇时，由美子夫人笑眯眯地对他说道。她的笑容如花朵绽放般冶艳。武彦的身体变得僵硬起来，腋下直冒冷汗。

"它"指的是望远镜。不知从几时起，或许是自那次"螳螂之乱"开始的吧，由美子似乎认定了，将望远镜搬到檐廊的工作就由武彦执行。而武彦呢，一想到原本命贴身女使做就好的事，由美子夫人却特意吩咐他来做，便激动不已、欣喜若狂。

带三脚架的望远镜放在另外一间十五张榻榻米大小的日式房间内的架子上，武彦飞快地将它搬到了檐廊。然后，他紧紧盯着站在檐廊等待的那位美人的面庞，遵从她无声的指令，将三脚架摆放在合适的位置上。一切就绪后，她便坐在那里，像往常一样观察起庭院里的昆虫来。

武彦在由美子身边站了会儿，期待着她开口邀请他一同观察，但她却看虫子看得入了迷，似乎全然忘了武彦还在这儿。武彦很失望，却又不死心，于是便呆呆地站在她身边。不巧的是，就在这时檐廊的另一头传来了重重的脚步声，主人大河原氏的身影出现在他们面前。

"又开始了，你可真是望远镜的狂热分子啊。"

"什么嘛，你才是呢。你不是我的启蒙老师吗？你自己明明也老看的，什么显微镜啦，什么天体望远镜啦……"

随即，这对年纪悬殊的夫妇对视了一眼，饶有兴致地笑了起来。虽说年龄差得有些远，但他俩着实是一对璧人。大河原氏肤白而体健、贵气十足，由美子夫人的笑靥美若罂粟花，二人都是武彦这等人莫可企及的另一个世界里的人类。

"哎呀，你怎么还在这里呢？你可以走了。"

由美子发现武彦仍站在一旁，笑容立刻消失了，用极为冷淡的语气说道。简直就差把"你偷听我们夫妻间的调笑做什么"这句话说出口了。

武彦挤出一丝僵硬的笑容，维持着这个表情走开了。走在檐廊上，他感到冰冷的泪水吧嗒吧嗒地滴落在自己空虚的心中。竟以为夫人曾对自己示好，这个想法简直令他羞愧得无地自容。一想到自己刚才的样子看起来有多愚蠢，血液仿佛就"唰"地一下流出大脑，他摇摇晃晃地几乎快要跌倒在地上了。

武彦最讨厌的时刻，莫过于主人夫妇俩晚上和熟客围在桌边兴致勃勃地打牌时。这些来客中，一般不是有姬田，就是有村越。武彦对竞技游戏不是很擅长，也从没玩过扑克牌之类的。话说回来，即便他会玩，以他区区一介小雇员的身份，也无法与姬田、村越这样的客人同桌而坐。

每到这时，他就只能钻进自己的房间去看书。然而说是看书，当他翻开书本逐字逐句地阅读时，却怎么也读不进去。羡慕与嫉妒使他失去了理智，由美子夫人如娇花一般的笑靥在他圆形的意识世界不断扩大，抓挠着他的心。

不过，由美子也偶尔对武彦表示过抱有好感的好奇心。

"庄司，你和你父亲关系好吗？"

有一回武彦走进书房时偶然遇上由美子夫人正在那里看书，她抬起头来与武彦聊天。

"是的，说起来还算不错。"

武彦意识到自己正像个傻瓜一样盯着夫人美丽的面庞看，含含糊糊地回答道。

"这么说，你也信奉封建主义喽？你有阶级意识吗？"

武彦一时不知怎样回答，由美子又接着问道：

"你会考虑到我们是主人而你是雇员，因此忍气吞声吗？"

尽管武彦明白她的询问没有恶意，但还是回答不上来。

"我认为所有人都是平等的。我丈夫也好，你也好，村越也好，姬田也好，我全都一视同仁。所以你一点儿都不用同我客气噢。"

尽管她说的这番话有些轻浮，但在遣词用句上，用的却还是"丈夫"之类的传统称谓。不过武彦很开心，他想，由美子夫人果然还是在对我示好呀。

"你也读读这本书如何？"

由美子手里拿着的是格罗斯《犯罪心理学》的英译本。

"不，我……"

"我觉得你应该会喜欢这本书。我丈夫已全部看完了，还到处做了标注呢。你也读读看嘛，里面净是些简单的英文。"

由美子二十七岁，武彦二十五岁，她实际上也不过是个小姑娘而已，但一旦冠以"夫人"的头衔，就彻底有了大人的样子。再者说，由美子身上有种说不清的东西，与普通的大家闺秀不一样。她让人看不透。武彦觉得自己在她面前简直就像个小孩子。

夫人简直像是在诱惑武彦一般，把书递给了他。就在武彦伸手去接书时，他碰到了夫人的手指。他的手握住书的同时还握住了夫人的纤纤玉指，于是他慌慌张张地想把书拿过来，而夫人似乎也有些惊慌失措，差点儿把书掉在地上。为了不让书掉下去，夫人再次抓住了书，结果这一次，是武彦的手指被她牢牢地握住了。这件事是瞬间发生的，这本英文书被递到了武彦手中，手指被由美子夫人握住的那种触感，也一直残留在他手上。于他而言，这份冲击力甚至令他感到毛骨悚然。

这件事肯定不是由美子夫人故意为之的。不过夫人表现出一副若无其事的样子，或许是因为她没将小雇员武彦之类的男人放在眼里。再或许，她刚才的行为有一半故意的成分在里面，是为了掩饰自己的窘迫，才故意表现出满不在乎的样子？

　　武彦的心扑通扑通地直跳，他觉得再这样和夫人面对面地待下去，可能会做出失礼的行为，因此赶紧逃出了书房。但即便回到了自己的房间，他的心仍在怦怦狂跳。

　　武彦将格罗斯的作品抱于胸前，在狭小的房间内来回踱步。成百上千的妄念以惊人的速度在他心中出现又消失，消失再出现。

　　武彦对于女性尚缺乏了解。他总是畏首畏尾地将自己关在房间里，不像同龄的男青年那样与许多女人交往过。他这辈子只同女性发生过一次关系，对方还是站街的妓女。

　　那名女子的容貌也好，身材也好，全都像电影里的闪回镜头一般萦绕在武彦的妄想中。真是肮脏。多么污秽不堪啊。竟从由美子夫人的手指联想到那种女人，自己理应遭到唾弃。他一阵干呕。

　　尽管如此，妄念仍不受控制地在脑海中不断重现。

　　那是两年前春末的一个深夜，刚满二十三岁的武彦走在东京市中心的某座高架桥下。突然间，有件微微发白的物体浮现在黑暗中。走近一看，那是名身着红衣的女子，抹了厚厚一层鲜红色的唇膏，长相还算不惹人厌。

　　"喂，玩玩怎么样？"

　　她用甜腻的嗓音小声问道。边说边紧贴着武彦向前走去。

　　"去哪里玩？"

　　"我知道个好地方。前面不远处有家宾馆。"

　　武彦没能抵挡住诱惑。他下定决心要尝试一下有生以来第一次这样的经历。但他身上带的钱不多,有些担心。他问了问女人,女人说这些钱足够了,不过武彦还有件忧心事。夜晚令他的胆子变得大了起来。

"我害怕得病。"

女人一听这话,嗤嗤地笑了起来,告诉武彦说她有简单的预防措施。夜晚令女人也变得百无禁忌了。

仅这几句问答就已令武彦完全丧失了兴致,发自内心地感到恶心,然而他的肉体却不受大脑支配。他像一个跨进别人家门槛的小偷,破罐破摔地尾随在女人身后。

在宾馆脏兮兮的房间里,昏暗的灯光下,女人脱光了自己的衣服。她的肉体毫无美感,容貌也和刚才在黑暗的高架桥下看见时不一样了。再加上,这个女人不属于包容型,而是被包容型。这次经历不过是一场机械性的交易罢了。自己在生理上的青涩让武彦觉得十分不愉快,他一边干呕一边逃出了宾馆。

那是唯一的一次。他再也没有产生过要寻找那种女人的念头。来大河原家前他一直埋头读书,最喜欢的就是国内外的侦探小说,沉迷于虚构的犯罪中无法自拔。他本就不喜欢运动,现在更是连门都不出了。在朋友眼中,他就是个怪人。

由美子夫人是武彦有生以来第一个恋慕对象。他从未想象过有这样的女性存在于这个世界上。以他那般内向的性格,还能产生如此热烈的恋慕之情,简直称得上奇迹。

然而,她是出身高贵的大家闺秀,同时还是名门贵族的夫人。他的恋慕之情也只能止于恋慕之情,越界的行为是绝不被允许的。从小成长于封建的父亲身边，以至于他对此类事有种无法用理论说明的恐惧，那是一种对封建性的戒律与生俱来的畏惧。在由美子夫人面前，他不得不把自己关在套子里，不得不逃向虚构的世界。尽管他是个惯于逃避的人，但这次却不确定自己是否能忍耐住，就连他自身都感到了危险并因此惶惶不可终日。

正当武彦处于此种状态时，大河原氏夫妇决定前往热海的别墅，并命他随侍。就在那里，他们遭遇了第一桩古怪的案件。

双筒望远镜

时值仲秋，正是旅游的好季节。大河原氏夫妇利用两周的周日，中间再加上节假日的连休，共抽出一周左右的时间前往热海别墅躲避城市的喧嚣。

　　穿过海岸的温泉街就是大河原家的别墅，位于鱼见崎[①]南面的半山腰处。这一带距热海市一山之隔，因此人烟稀少，是环境清幽、风景秀丽之地。别墅背靠青山、面朝峡谷，可以居高临下地俯瞰被深谷隔开的几户稀稀落落的人家，对面就是一望无际的蔚蓝色海面，左手边能看见鱼见崎的断崖绝壁。

　　别墅是日式与西式合璧的二层建筑，占地约七间[②]见方，华美而气派。看守别墅的老夫妇做得一手好菜，他们的女儿包揽了别墅内女佣的工作。因此这次大河原夫妇没带本宅的贴身女使和女佣，只带上了武彦，三人从东京车站乘电车而来。家里的司机自己开车走国道，晚些时候抵达。只有他们

---

① 鱼见崎，地名，位于热海海岸边的悬崖。
② 间，日本旧有的长度单位，1间≈1.82米。

三人在这里待一周时间有可能会感到无聊，所以他们还邀请了平日里常出入宅邸的那帮小青年来玩。

在别墅二楼能眺望大海的西式房间里，放置着两架双筒望远镜。这也证明大河原氏夫妇二人是十足的透镜狂热者。只要来到别墅，每天都会用望远镜享受远望、近望的乐趣，这已成为他们的习惯。

刚一抵达别墅，大河原氏夫妇就将望远镜展示给武彦看，他多少也染上了些夫妻俩的怪癖，迫不及待地用望远镜四处眺望起来。说起来这望远镜真不愧是透镜狂热者的藏品，无论是清晰度还是倍率，都是他从未见过的。

用肉眼几乎看不见的远方海面上的渔船也好，同乘一船的渔夫们的身姿也好，仿佛伸手就能触碰到。就连遥不可及的对面海岸边小旅馆招牌上的小字都能看清楚。武彦将透镜拉近了些，转向别墅前的坡道，有个女人正向这边走来，她的脸看起来近在咫尺。她突然间笑了起来，武彦以为偷窥的行径被她发现了，吓得立刻从望远镜上移开眼。然而离开望远镜后用肉眼看到的那张脸只有一个小点儿那么大，武彦方才意识到，她是不可能发现这里的望远镜的。

抵达别墅后的第二天，武彦又用望远镜眺望四周之时，感觉到身后有人，随即耳边便响起了由美子夫人的声音。

"又在窥视吗？你好像也传染上透镜狂热症了呢。"

武彦将眼睛从望远镜上移开，回头一看，刚刚沐浴完的夫人正笑盈盈地看着自己。她穿着一件浴衣①，容光焕发，莹润的双唇放松地露出了贝齿。由于她脸上一点儿妆都没化，因此双颊显得娇嫩光滑，面色红润，简直令人诧异世上竟有此等美人。

"用肉眼完全看不到的东西，竟能放大到这种程度，就像是魔法一般呢。特别是从坡下走上来的人的脸，看起来近在眼前，真可怕呀。对方完全不知道我们在窥视他，所以表情很松弛。他以为身边没人，所有的心思都写在脸上。这架望远镜都能看清人脸上一条条细小的皱纹。要是不小心窥视到了妙龄女子，总觉得自己在看什么不该看的东西，会感到很害怕呢。"

武彦因发现了新的兴趣而有些兴奋，因此即便美人当前，他也能轻松地侃侃而谈。

"嗯，看来你也跻身于透镜狂热者之列了啊。诚如你所说。所以呀，这项消遣真是罪大恶极呢。小时候祖母常给我讲故事，说是很久以前有位高贵的老爷，他喜欢登上宅邸的楼顶，用望远镜观察来往的行人。据说这位老爷每天都要登上楼顶，因此他的家臣十分担忧并劝诫于他。说不定我们就是那位老爷的后代呢。"

武彦感到，自己同这位美妇人进行了一次何等愉快的谈话啊！自打同由美子夫人相识以来，还是头一次度过如此快活的时刻。夫人看起来也兴致勃勃，她接着娓娓道来。

---

① 浴衣，此处指简易款的和服单衣。

"每次到这里来,先生和我都会一人用一副望远镜。你瞧,我们曾每天都窥视对面别墅的窗户,这不是用眼睛在偷东西吗?"

说完这句话,夫人耸了耸穿着浴衣的肩膀,脸上露出顽皮的表情,扑哧一声笑了出来。武彦想起小时候玩捉迷藏,和喜欢的女生一起藏身于黑暗的仓库中时那种甜蜜的感觉。

"在窗子里能看到百态人生哟。各色人等以为谁也看不到自己,做着千奇百怪的事,而我则会窥探他们的秘密,如同阅读告白小说一般。先生和我都看入了迷,每天都窥探着窗内告白小说的续篇。你是不是觉得我是个坏女人?"

"没那回事。不过,我觉得您很特别,所以我喜欢和夫人您聊天,因为我的性格也有些与众不同。我是说,所以我喜欢夫人您……"

武彦自己都不知道自己在说什么。不过,他尚未完全失去理性。他本想倾诉衷肠,想流着泪一遍遍诉说,但他抑制住了这种冲动。他害怕夫人会因此而不再同他说话,所以最终还是摒弃了这个念头。

"庄司,你看月亮。"

夫人突然说起了别的话题,似乎是在打岔。武彦还在愣神的当儿,夫人便一下子从他手中抢过双筒望远镜,将眼睛凑上去,眺望起天空来。

碧空如洗,一轮大大的月亮在白日里就升上了天空,呈现出半透明的白色。

"正好半轮啊,是弦月哦。能清楚地看见月坑呢。大的喷发口看起来很清晰，就像用天体望远镜看到的一样。哎呀，你快看。"

武彦从夫人手中接过望远镜，看起月亮来。双筒望远镜外侧被夫人的手握过的部分微微有些温热，而他右颊边竟也感受到了这种温热，那是夫人刚沐浴完的面颊，与他的脸颊相距不足一寸。

这种温暖与温泉的气息、香水的余薰、美人的体香混杂在一起，在他的脸颊边缭绕、飘荡。

巨大的弦月散发出银色的光辉，占据了双筒望远镜的全部视野，但武彦几乎没有心思去观赏。夫人温热的双臂隔着浴衣挨上他的手臂，他集中了全部心力去感受。这份触感就像是强劲的电流一般，冲击着他的全副神经并使他神魂颠倒。

然而，接下来再没别的进展了。最后夫人似乎也厌倦了关于望远镜的话题，仓促地离开了那个房间。武彦又一次感到她似乎是在逃避。或许夫人压根就没意识到他们的手臂挨在一起了。但在肢体接触方面女性是极为敏感的，说她是无意识的总觉得有些说不通。夫人在所有的事上都应该比他更加敏感才对。再或者，她又一次感到了某种威胁，所以才那样急匆匆离开？

接下来，武彦一直没出息地回味着这些着实微不足道的事，度过了一整天。他在脑海中不断回放那一瞬间的慢动作，不放过任何一处细节，反复琢磨，但却没得出任何结论。由美子夫人变得益发神秘了，她果然是另一个世界的人。她的一言一行中，充满了以武彦的思考能力难以理解的东西。

翌日，姬田吾郎利用两天的连休时间，从东京赶来了。由于他已提前打电话告知他要过来的消息，所以大河原氏夫妇好好准备了一番来款待他。像女人一样爱唠叨的姬田的到来，使别墅内的气氛立刻变得热闹起来。姬田陪大河原氏在别墅附近散了散步，又做了些别的事。天一黑，他们便开始打武彦最讨厌的桥牌。主人夫妇俩与姬田，就连家里的司机也加入了牌局，大家都玩得津津有味。唯独武彦一人成了局外人，只好窝在自己的房间里读书。但当他看着书时，却总想起由美子夫人与姬田谈笑风生的情景，嫉妒得不得了。他在想象中描绘出夫人的一举一动，她的幻影浮现在书页上，使得他半个字都读不进去。

第二天，大家都睡了懒觉。时至中午，由于大河原氏和从东京赶来的高尔夫球友有约在先，于是他便独自开车前往川奈高尔夫球场了。

家里的司机得了闲，不知溜去哪玩了。留在家中的由美子夫人与姬田、武彦聊了会儿天，但奇怪的是，不知为何聊着聊着就找不到话茬儿了。夫人感到乏味，于是便回二楼自己的房间去了。

楼下的会客厅里，只剩武彦与姬田二人面面相觑。姬田一脸心事重重的模样，凑到武彦身边。自打上午一起床，姬田似乎就有些不高兴，脸色发青。也正是由于他的这份不快，由美子夫人才感到无聊的。他往日里总像个女人一样唠唠叨叨，但今天却沉默寡言，十分古怪。

他刻意凑到武彦身边，一边环顾四周一边小声说道：

"今天我又收到了。"

说着,他从衣服口袋中取出一个淡青色的双层信封,这信封同先前的一模一样,因此武彦立刻就明白了他的言外之意。

"又是它吗?里面还是白色羽毛?"

"没错。而且是特意寄到别墅这里,再转交给我的。"

姬田从信封中取出白色羽毛给武彦看,和先前的一模一样。信封上依然没有标明寄信人。

"你帮我和明智先生说了吗?"

"不,还没有。我们动身来这时,明智还没结束旅行回到东京呢。"

"是这样啊。太令人头疼了,我真不知该如何是好了。我虽然报了警,但估计最终就没下文了,但我也没别的办法了。哼,如果这是谁的恶作剧,那也真是太恶毒了。我总有种奇怪的预感。一收到这封信,我就异常烦躁,坐立不安。"

上次武彦看见这根白色羽毛是深夜在小公园的长椅上,故而觉得很是可怕,但今天是光天化日下在房间里,因此他对姬田的不安没能感同身受。就算是某人的恶意行径,这种骗小孩的恶作剧也只能让人觉得滑稽罢了。

"邮戳是哪里?"

"还是日本桥。"

"真不是你朋友的恶作剧吗?想不到些什么?"

"一点儿头绪都没有。我绞尽脑汁,一点儿线索都没想到。所以我才这么厌烦的。敌人在暗处是最令人不快的事了。不,不只是不愉快,其实我还很害怕。我还是头一次遇到这么古怪的事呢,太恐怖了。"

接下来,姬田沉默了许久,然后他突然丢下一句"我去附近遛遛",也不待武彦回答,便嗖地一下冲出了会客厅。

姬田走后,整栋别墅变得鸦雀无声,一片死寂。从会客厅内带扶手的西式楼梯那里,能隐约窥见由美子夫人二楼房间的门。但那扇门一直关得紧紧的,丝毫没有要打开的迹象。许久未曾听到的优美的钢琴声传入武彦耳中。虽说武彦在西乐方面没什么造诣,但也能听出夫人似乎是在练习一首很长的曲子,琴声在他耳边久久地回荡着。

看守别墅的老夫妇好像正在厨房边的起居室里对坐着喝茶,他们那里没传出任何动静。老人的女儿一过响午就因私事出门去了,似乎还没回来,大概是去哪个朋友家里玩耍、谈心去了。还是个小姑娘,回来时总会闹出点儿动静来,怎么也应该能听到她高亢的嗓音。

武彦看了眼表,时间已过三点半。他感到无所事事。姬田出门时,将白色羽毛的事也一并带离了武彦的脑海。与这件事相比,还是美人的幻影更胜一筹,在他圆形的意识世界里不断闪现。他怎么都摆脱不掉这份甜蜜的烦恼。

武彦想偷偷登上二楼,敲响夫人的房门。然而,他不过是一介小雇员。主人不在家,又没什么要事,他可没勇气闯入年轻貌美的夫人的房间。他和夫人还没熟悉到那种程度。他只能苦苦等候,盼望夫人快些厌倦弹琴,走出房门。然而这琴声就像是故意刁难他一般,一直不停歇。

除了看书没别的事可做。武彦将美人推荐给他的格罗斯的《犯罪心理学》攥在手里半天了，便顺势将它摊在会客厅一角的小桌子上，读了起来。他还不想回自己屋。这里隔着楼梯能看见夫人的房间，所以他不想离开这个会客厅。

一开始的时候，美人的幻影与英文印刷字还重叠在一起，妨碍着他看书，然而最终，他逐渐被书中有趣的内容所吸引，不知不觉看入了迷。

不知过了多久，武彦听见玄关处传来守别墅的老夫妇的女儿高亢的声音在迎接归家的主人，这才猛地回过神来。她不知什么时候回来了。与此同时，穿着高尔夫球裤的大河原氏的身影出现在会客厅入口处，他粗声对武彦打了个招呼。或许是在楼上听见了他的声音，夫人也下楼来到会客厅里。大河原氏讲了些高尔夫球友的事，又聊了些别的，突然间，别墅内似乎因此而恢复了活力。

大河原氏泡完澡换了身和服，就偕夫人上楼进了有望远镜的房间，去完成二人每日必做之事。这对透镜狂热者夫妇只要待在别墅里，每天就必定会一同用双筒望远镜眺望一次。今天还没用过，因此要赶在天色尚未变黑之前用一用。主人回来了，身为秘书的武彦就算毫无顾忌地紧随着二人，也都不显奇怪了。

夫人将望远镜自右侧方的海角开始，缓慢移动至左侧方的海角，眺望了一大圈。不知是不是发现了什么有趣的观察对象，双筒望远镜的镜头一直固定朝向左侧方的海角，也就是鱼见崎那边。

"哎呀，那个人在做什么呢。站在那么危险的悬崖上。"

听到夫人失态的叫声，大河原氏急忙拿过放在旁边桌子上的双筒望远镜，从和服袖兜里掏出一块手帕，擦了擦镜头。镜头上并没有什么脏东西，但这位有个习惯，就是每次使用前，都必须擦擦镜头。他一边擦一边将身子探出窗子，与夫人肩并着肩，看向夫人手指的方向。由于他实在是太着急了，本想将手帕收回袖兜中，但却一个失手，手帕呼啦啦地飘到窗户外面去了。

"呀，糟糕……不管了，你说的那个人在哪儿？"

现在可不是操心手帕的时候，他慌慌张张地举起双筒望远镜。

"就在鱼见崎的悬崖上呢，那棵松树下面。"

武彦没有望远镜，只得站在两人身后探着身子，用肉眼望向那个方向。但他只看见了那棵松树，它的树枝从悬崖上向大海的方向伸展着，却看不见树下的人。

"嗯，松树下面，是有人，是有人，去那么危险的地方做什么啊。"

两人举着双筒望远镜一直动也不动地眺望着松树下方。尽管武彦什么都看不见，但也一直凝视着那个方向。太阳已经快落到山顶了，整个海面都被暮色笼罩着。那棵松树附近也变得昏暗起来，看不太清了。

就在那一刹那，这对夫妇同时发出"啊"的惊呼声。武彦也用肉眼见证了这件惨事。只见一个黑豆一样的东西，从悬崖上那棵松树下，向远处的海面坠落下去。

此情此景，在那两架双筒望远镜中看得更清楚。一名身着深灰色西服的男子，头朝下不断磕碰到凸出的小岩石上，最后落入了白浪翻滚的海面。

鱼见崎曾是跳海自杀的胜地。特别是那棵松树附近，许多自杀者都会选择那里。从那里跳下去的话，直到坠入数十米开外的海面，几乎都没有什么障碍物。从那棵松树到向下三分之一处的悬崖都被灌木与杂草覆盖着，再往下就是陡立的岩石了。悬崖与海面交界处有个很大的洞穴，张着黑色巨口，令人毛骨悚然。洞穴前是一片岩礁，被起沫的白浪不断拍打着。

刚才那个男人或许也是一名自杀者吧。从那样的岩壁上跌落下来，保住性命的可能性连万分之一都没有。虽然用双筒望远镜也没能看到最终的一幕，但那名男子撞在岩礁上后沉入海中必定丧命。

"庄司君，鱼见崎那里有人跳海，肯定是自杀。你马上给热海警署打电话，或许我们是唯一的目击者。"

庄司武彦给热海警署打了电话，热海警察办案的效率极高，很快便从悬崖下方的海中找到了那名男子的尸体。他们对鱼见崎的自杀者早已司空见惯，此类案件每个月至少发生一次。用来打捞尸体的是日常用的日式舢板，带马达的那种。船夫和警察都很熟练，因此大多数情况下找到自杀者的尸体并不难。

今天也是，天还没完全黑，尸体就被打捞上岸，姑且先运往了热海警署的地下室。很快便查明了死者的身份。其西服里袋中放着一个钱包，根据钱包里的名片，警方判明自杀者是居住在东京都目黑区上目黑的日东制纸株式会社员工——姬田吾郎。

警察又查看了死者的随身物品,在西服一侧的口袋里,发现了被海水浸烂的信封。信封中装着一根白色羽毛。他们将信封作为疑点,贴在纸板上复原后才看清上面的字,写着由鱼见崎对面别墅的原侯爵大河原转交。报案说有自杀者的电话也是从大河原家打来的。因此,警方判断大河原氏肯定认识叫作姬田的这名男子。他们也知道,这位过去的侯爵现在就在别墅内。于是为了请求大河原侯爵前往警署辨认死者身份,署长特意开车来到别墅迎接。

大河原氏与秘书武彦一起,同乘署长的车去到热海警署。在看过地下室的遗体后,确认就是大河原氏担任董事的那家公司——日东制纸株式会社的员工姬田吾郎无疑。

然而,自杀动机尚不明了。姬田是公司的模范员工,家庭生活也极为和睦,也没听说过他有什么关于恋爱之类的烦恼。唯一的线索就是装着白色羽毛的寄信人不明的信封,尽管身为侯爵秘书的庄司武彦就此提供了他所知道的全部事实,但这些事实本身并不具备什么能成为有力线索的内容。因此即便是警察,也很难着手调查。不过警方怀疑,如果说这根白色羽毛不是简单的恶作剧,那么姬田很有可能是被什么人推下悬崖的。

于是,警方在大河原氏回到别墅后,又派来了负责这个案件的警官,让大河原夫妇回忆用双筒望远镜目击自杀现场时的情形,刨根问底了一番,但依然没能查出任何线索。夫妻二人都一口咬定，那时悬崖上除了姬田以外没看见其他人。至于加害者是否有可能躲藏在悬崖上的草木丛中？对于这个问题他们也没能给出准确的回答。

警署的人员离开后，大河原氏与由美子夫人面面相觑，小声嘀咕起来。

"可是，我怎么也想不到，姬田竟然会自杀啊。"

"先想想，你用望远镜眺望时，有没有感觉到姬田君是被别人推下去的？"

"我说不好。不过，从他坠崖的姿势来看，也不是没有这种可能。"

"嗯，是有这种可能。根据坠崖姿势很难判断出他是自己跳下去的，还是被人推下去的。而且事发突然，现在记忆已经变得模糊了。真是说不好啊，不过要是姬田君完全没有自杀动机的话，就只能推测为他杀了。话虽如此，但也不能断言。"

"听警察说他们会去调查现场，以及车站的工作人员。要是能在悬崖上找到什么线索的话……"

"悬崖上这种地方是留不下脚印之类的线索的，难啊。说调查车站的工作人员，可热海是个大城市，哪个工作人员能一一记住那么多往来乘客的长相呢，太不现实了。"

庄司武彦在二人身旁听着他们的对话，当然，他自己也判断不出来。只不过，他眼前总浮现出那个晚上，战战兢兢的姬田嘴里念叨着《五个橘核》，一脸憔悴的样子。

目擊者

在姬田吾郎从鱼见崎的悬崖坠落死亡的第二天,上午十一时左右,热海警署主管此案的刑警来到大河原的别墅。

大河原氏过去十分关爱、照顾姬田,因为他是大河原担任董事的公司的得力员工。并且,他那蹊跷的死亡事件也给热爱侦探小说的大河原氏带来了极大的刺激,因此他立刻请刑警进入会客厅会面。身为秘书的庄司武彦也被允许在场。

姬田坠崖的时间是前一天傍晚的五点十分左右。武彦受大河原氏之命给热海警署打电话时,边拿话筒边看了眼手表,指针显示刚过五点十分。大河原氏也记得,那会儿房间里的座钟显示的是同样的时间。

因此,警察便以这个时间为基准展开了搜查,然而到目前为止没有任何收获。

据刑警的报告称,鱼见崎国道旁的高地上有家茶叶店昨日营业到了五点以后,去那里取证的结果是,从茶叶店根本看不到姬田坠崖的地点,也就是那棵松树下像搁板一样向外凸出、延伸至海面上的岩石处。不论是茶叶店的员工,还是在那里休憩的客人,都没注意到五点出头时发生的这场惨案。

"那条国道的人流量似乎还挺多呢？"

大河原氏这样问道。刑警先生点了点头，回答道：

"是这样没错，几乎可以说络绎不绝。但是从国道看不见那棵松树下的案发现场，只有从公路往悬崖的方向走，走到写着'禁止入内'的栅栏那里才能看见。可一般的行人很少往栅栏那儿走。"

既然那里能成为跳海自杀的"胜地"，热海市政府当然会按照惯例在那儿竖起"三思而后行"的牌子，围起栅栏，防止人们往悬崖处走。但说是栅栏，其实只不过是几块粗糙的木板，打定主意要过去的话，谁都能翻过去。

"沿茶叶店往南一点儿偏离国道的小路走也能到达案发现场。那是孩子们经常通行后自然形成的小路，但要从国道处下一个陡坡才能到，所以被树木茂盛的枝叶挡住了。要是走那条路，从国道处也看不见。其实那条小路上也应该要立一块牌子的，但由于是只有当地人才知道的岔道，最终也就不了了之了。"

"那么，您的意思是，姬田君走的是这条小路喽？"

"恐怕是这样的。要是没有任何人看到他的话。"

"那么，警察怎么认为呢？大家都认为姬田君没有任何自杀的动机，再加上他接连两次收到那古怪的白色羽毛，我想，从这点来看，首先也要考虑他杀的可能性吧。"

"是这样的。我来之前刚在署里开完会，不过我认为，到底还是要在东京展开搜查才能快些破案。这件案子应该会移交警视厅①。也没有其他目击者。如果您这边想不到什么怀疑对象的话,那除了在东京对姬田的亲友进行摸排以外,也没别的办法了。说到这里,其实我就是想先了解一下您所知道的姬田的朋友圈子,才来拜访您的。"

姬田是日东制纸株式会社的营业科职员。于是,大河原氏将他的工作性质、科长姓名,以及在大河原宅邸时亲近的朋友姓名(其中当然也包括了村越君的名字)等情况一一做了陈述,刑警先生都记在了记事本上。

"就像我昨天告知署长的那样,姬田君双亲都健在,父亲在日本桥经营一家和服绸布店,他正赶往这里。抵达后我会让他立即联系警署,不过姬田君的遗体何时能移交给家属呢?"

"我想傍晚那会儿应该就可以了。我们查验了血液与胃的内容物,但没发现任何异常。头部有岩石撞击的痕迹,恐怕那才是致命伤。应该在坠海前就已丧命了。"

接下来他们又谈了会儿话,主管刑警就告辞了。简而言之,他的意见是无法轻易判定是自杀还是他杀。如果判定为他杀,在现阶段没有任何线索,就算继续调查,仅凭热海警署的力量恐怕也难有进展。

这之后不久,姬田的父亲带着一名店内的伙计抵达并前往警署。他接受了各个方面的询问,还打点好了交接遗体的事宜,回到别墅时已是下午三点左右。

---

① 警视厅,管辖东京市治安的警察部门。

这期间有些空余的时间，大河原氏便决定带着秘书武彦一同去自杀现场查看一番。不论是大河原氏还是武彦，从今天一早开始就坐立不安，想去现场看一看，奈何一直没得空闲。

二人先去了鱼见崎的茶叶店。坐在桌旁点了两杯饮料后，便缠着看起来像是老板娘的人和女招待等人刨根问底。然而除了方才主管刑警前来通报的那些情况外，别无所获。

不过，武彦想起克劳夫兹小说中法国侦探的探案手段，尚未气馁。他瞄准了一个眼睛滴溜溜转的、看上去很机灵的女招待——约莫十六七岁的样子，压低声音以防旁人听见，然后执着地打听道：

"是这样的，就是昨天四点半到五点半的这段时间。这期间在茶叶店休息的客人当中，真没什么可疑的人吗？你回忆一下看看。不是当地人，一看就是来旅游的人，多半是从东京来的客人。"

女招待望着天思索了片刻，似乎想起什么来的样子，表情变得生动起来。

"哦，是有。这么说的话，那个人很可疑。不过，我记得他四点半以前就在这里了。我没看表，所以不确定，但我想不是四点就是刚过四点的时候。那人戴一顶呢帽，帽檐压得很低，戴着眼镜，鼻子下边还长着黑色的小胡子，穿着深灰色外套。"

"大概多大年纪？"

"三十岁左右。瘦瘦高高的。"

"他可疑在哪儿?"

"我说不上来,但总觉得很怪。他可能是口渴了吧,喝了两杯橙汁呢。而且还不停地看手表。我以为他是在等人,但没人来。怎么形容好呢?对,不太像等人的感觉,似乎是为了消磨时间才坐在这里休息的。到了他等的那个时间点,他就急匆匆地离开了……就是这一点很奇怪。他没往热海方向走,而是沿着这条路往南走了。如果是去别墅的客人的话,可不会拎着那么重的包步行。从这里往南走,不是去新热海就是去网代吧?要是这样的话,就更不会带着那么沉的包走路去了呀。我就是觉得这一点很奇怪。"

"你说的包是什么样的?"

"类似于行李箱那样的,就是现在流行的那种嘛,用拉链开合,四四方方的大皮包。"

"你说它看起来很沉?"

"对,看着很重的样子。最奇怪的就是这一点了,衣冠楚楚的,带着那么重的包,却没坐车。"

"那么,他会不会是在那边闲逛了一会儿,然后又折返回热海市的城镇了呢?"

"我们店一过五点就关门,所以之后的事我就不太清楚了,不过直到我们关门时,他都没回来。也可能是在我不注意时走过去了,但反正我是没看见。"

"你说过了五点,昨天是五点几分关的店?"

"有客人待到很晚,所以是五点二十分左右才关的店。所以刑警先生才来询问我们,有没有注意到五点十分有人跳海的嘛。昨天五点十分左右，店还开着呢。"

女招待知道的只有这些。或许那个人物与这起案件毫不相干。然而他给这名看起来聪明伶俐的小姑娘留下了不同寻常的印象这个事实，是不容忽视的。在武彦心中，那名提着包的男子的想象图与乡下小姑娘天真烂漫的面庞重叠在一起，挥之不去。

看来不可能再收获更多的线索了，于是大河原氏和武彦走出茶叶店，沿国道向南边走了一点儿，他们想走刑警说的那条小路去那棵松树下看看。

"果然，从这里是看不到那棵松树下方像搁板一样探出悬崖的岩石的。对于自杀者而言，这真是再理想不过的场所了。"

感慨间，二人来到了刑警所说的小路那里。大河原氏停住脚步，从皮挎包里取出双筒望远镜，按他往常的习惯，用手帕擦了擦并无灰尘的镜头，眺望起自家的别墅来。

"啊呀，由美子在二楼的窗户那里，她也正用望远镜看咱们呢，还挥着手帕。她早知道咱们会来这儿了吧。"

用肉眼是看不见的，于是武彦接过大河原氏递给他的双筒望远镜，看了过去。虽然由美子美丽的面庞小到看不清，但通过姿态就能分辨出来是她，也能清楚地看到她在挥舞着手帕。

"好，我们下去看看吧。"

说是小路，其实根本算不上是条路。不过是些顽皮的男孩子玩冒险的游戏，然后在岩石和草地上踩出来的痕迹罢了。

多数自杀者是走茶叶店后面的路，从立着牌子的栅栏那里翻过去的，几乎没人利用过这条小路。

小路坡度很陡，要不是用手扶着，根本下不来。它穿过茂密的灌木丛，避开人的视线，直通向那棵松树下。

在这条不成样子的路被灌木丛遮住的地方，大河原氏又停下了脚步，将双筒望远镜对准眼睛。从这里能看见别墅的屋顶了。位于鱼见崎南面的住宅和旅馆，一间都看不见了。如果真的有犯人走这条小路，那他的确是选择了一条最安全的路。

终于，二人走到了那棵松树下像搁板一样突出悬崖的岩石处，那是块约五坪[①]大小的平地。虽然是岩板质地，但上面还覆盖了些土，所以灌木和草长得很茂盛。如果只是站在那里的话，是看不见脚下有悬崖的，只能看见一望无垠的大海在眼前展开。

大河原氏仍在用望远镜四处张望，不过从这里仅能看见别墅窗户的一部分。由美子已经不在窗前了。假设昨天案件发生时，将姬田推落悬崖的犯人就站在此处，根据位置来看，从别墅的窗户那里应该是看不到他的。

"真是巧妙。若说是巧合，那也太过巧妙了。具备这样巧妙的条件，无论怎么看都有种犯罪的气息啊。你曾说姬田害怕秘密结社，这么巧妙的手段的确很像秘密结社的风格啊。不，我是说，假设这真是起杀人案件的话。"

[①] 坪，日本用来丈量面积的单位，1坪≈3.306平方米。

大河原氏正嘟囔着，从我们背后那条小路的灌木丛中传来了咔嚓咔嚓的声音，然后突然冒出一个人来。是名穿着工装夹克的青年，看起来像是当地人。

青年被二人盯着，露出些许羞涩的表情，但不知他有什么事，仍是慢吞吞地走上前来。见状，大河原氏突然想到了什么，和青年搭起话来：

"你似乎是当地人啊。"

"是的。"

青年粗鲁地答道。

"你知道昨天发生的案件吧？"

"知道。所以我想不能再让那样的事发生，才跟着你们的。"

"哈哈哈，难道你以为我们也会从这儿跳下去吗？"

"啊，我想起来了。老爷您是大河原别墅的主人啊。那么，您是来这里调查的吗？"

青年的语气立刻变得恭敬起来。

"没错，我就是大河原本人……你似乎知道些什么啊。昨日跳崖的人叫作姬田，是我的朋友。如果你知道些什么的话，能否告诉我呢？"

"不能算是知道吧，但我有个怀疑。"

"怀疑？是什么？"

"他可能不是自杀，而是被人推下去的。"

"哦？你说什么？你究竟看见什么了？快详细说说。"

大河原氏与武彦的表情都变得严肃起来。

"这条小路边有处树木茂密的地方，背后像洞穴一样。钻进去的话谁也看不见，而且那里太阳还很足。我昨天傍晚正好在那儿。"

"你该不会是在那里晒太阳浴吧，这可不适合年轻人。说起来，你刚才也是从那里钻出来的吗？"

"嗯……"

"你常在那里晒太阳浴吗？"

"嗯……这个嘛，是的。"

青年支支吾吾地回答着，脸唰地一下变红了。

"你在那个洞里干了些什么并不重要，我就想知道，昨天你在那儿看见什么没有？"

于是，青年就这样带着潮红的脸色，害羞似的勉强答道：

"树木太茂密了，我看不真切，但我的确看见有两个男人沿小路走到了这里。其中有一个肯定是叫作姬田的那个人。"

大河原与武彦二人听到这里，惊讶地对视了一眼。因为他们没想到竟会遇到如此重要的线索。

"你怎么知道那人就是姬田呢？你刚才不是说没看清吗？"

"虽然看不清脸，但他衣服上的条纹十分清晰。因为是很时髦的条纹，所以我记得很清楚。昨天傍晚，尸体被打捞上岸时，我躲在人群后面偷看了一眼，是一模一样的条纹西服。我想，不会再有第二个人穿那种条纹衣服了。跳崖的一定就是之前从我面前经过的那个人。不,他是被推下悬崖的。"

"那,另外那个男人是什么样子?"

"他戴着深灰色呢帽,帽檐压得低低的,还穿着深灰色外套,我记得那件外套长得惊人。我没看清楚他的脸,不过他好像戴了眼镜。"

"嘴上有小胡子吗?"

武彦想起方才那家茶叶店小姑娘说的话,插嘴问道。

"可能有,但我没看清。"

"还有,那个一身灰的男人没拿包吗?那种四四方方的大皮包。"

"没拿,什么都没拿。我记得很清楚,是空着手的。"

"你能确定吧?"

"他们俩并肩而行的背影,我看得清清楚楚的,肯定不会错。两人都没拿东西,连小包都没拿。"

可能是将包放在哪里,然后轻装前往现场的。那个男人会不会就是在茶叶店休息的人呢?

"接下来呢?你有没有听见他们争吵来着?"

"没听见。我所在的地方离这里很远,听不见他们说话的声音。"

"然后呢?你做了什么?"

"后来我就回家了。因为我也没想到竟会发生那样的事……不过事后我很后悔,如果是那个穿灰外套的家伙把他推下去的,那时我就应该尾随他们,阻止这件事的发生。"

"所以今天,你想着不能再让那样的事发生,才尾随我们的是吧?"

"是的。"

"这么说,你没看见那个穿灰外套的男人离开这里时的情景?"

"是的。因为后来我就回家了。"

这真是遗憾极了。

接下来,他们没能从这位青年口中再得知其他的线索。

大河原氏没忘记盘问这名青年的身份。我们得知:他是鱼见崎附近一家农户的儿子,二十四岁,名叫依田一作,初中一毕业就去东京的玩具批发商店工作了,但现在因失业回到老家,帮家里做些农活。对于这个青年的证词他们没理由怀疑。

大河原问完话,便向那块像搁板一样伸出悬崖的岩石走去,接近尽头时他趴了下来,想看看高高的悬崖下的海面。这个高度高得令人头晕目眩,因此武彦不假思索地跑到他身后按住了他的腿。如果不是按住,而是抬起他的腿,这位大贵族就会一个倒栽葱,落下悬崖,与昨天的姬田落得相同命运。一思及此,武彦就有种奇怪的感觉。是种奇妙的冲动,想突然把他的腿抬起来。

大河原氏只将头伸出了悬崖,一边俯视下方一边说着什么,但他的声音听起来不同寻常,似乎是从非常遥远的地方传来的。

"这个高度太完美了。下方一览无余,实在是惊人……

你也来看看。要是从这儿掉下去，是绝无存活希望的。不论是自杀还是他杀，都是绝佳的场所啊。"

大河原氏这样说着，吭哧吭哧地站起身来。接下来换武彦趴着，主人大河原氏按着他的腿。让这样一位名门贵族做这种事，武彦感到十分拘谨，但大河原氏似乎毫不介意，用他那双大而温暖的手掌牢牢按住了武彦的大腿根部。

武彦向下看去，没有任何障碍物，从这往下就是笔直的岩石峭壁，正下方能看到相距遥远的海面。悬崖往下三分之一处有一块凸起的大岩石，坠崖者必然会撞在那上面。姬田头部致命的机械性损伤一定是这块岩石造成的。再往下就看不见岩壁了，遥远的尽头是海面，海面上有许多凹凸不平的岩礁，翻滚着起沫的白浪。这悬崖简直深不可测，令武彦感到脚心一阵发痒。紧接着，他身后传来大河原氏的笑声。

"哈哈哈……或许昨天那两个人也像咱们这样做来着，另外那个男人就把姬田推下去了。真不费什么事，只要像这样把腿往上抬就可以了。"

武彦感觉大河原氏马上就要抬起他的腿了，吓得一哆嗦，飞快地爬了起来。这位老爷和自己想到一起去了。杀人什么的不过是一抬手的事，一想到这里，武彦就觉得头晕眼花起来，不由得从悬崖边退开了。

接下来，二人又仔细搜寻了那附近的地面，但没发现任何遗失物品或者脚印。在走回原先那条国道的途中，武彦一直留意着左右两侧，试图推断出穿灰外套的男人把包藏在了哪里。或许是心理作用吧，还真发现几处草被压倒了的可疑之处。

叫作依田的青年跟着二人一起走回到国道那里，指着远处树林里的民居，说了句"从这儿能看到我家"，就和他们分道扬镳了。

当天傍晚，交接了姬田的遗体，手忙脚乱地办完了将其运回东京的手续。翌日，姬田的父亲一走，别墅内的气氛就变得异常阴沉，大家已经没有任何兴致留在这里了。因此，又过了一天，大河原氏一行也回到了东京的宅邸。姬田坠崖身亡一事发生在十一月三日，大河原氏一行人则是在十一月六日返回东京的。

离开前，他们没有忘记与热海警署的主管刑警见面，将鱼见崎茶叶店女招待与青年依田说的告之于他。主管刑警听后十分高兴并道了谢，但听他的意思，前来热海市住宿的旅客不计其数，要想从中找出那名穿灰外套的男子，并非易事。

暗号日记

就在这个十一月的下旬，某日傍晚，死者姬田吾郎的好友、同为日东制纸株式会社员工的杉本正一刚下班，正要从丸之内大厦东侧出口出去，便看见身穿西服、披着外套的熟人——蓑浦刑警站在那里，开口对他说道：

"你是要直接回家吗？"

"是啊。"

"那么，我陪你一道回去吧，路上我想问你点儿事……"

即便是在警视厅搜查一科，这位刑警也算得上是老资格的警部补[①]了。他年过四十，被太阳晒黑的面庞粗犷而淳朴，但举手投足间都带着老练的刑警的派头，说起话来一本正经。案件发生后，蓑浦刑警曾到访过公司一次，因此杉本对他很了解。

"要不然去我公寓坐坐？"

"好啊，这样更方便。是在中野区吧？"

二人一同乘上了电车，但在去往公寓的途中，蓑浦对于

[①] 警部补，日本警察官的职级之一，位居警部之下、巡查部长之上。

案情只字未提，只恰到好处地闲聊了几句。

杉本家距中野车站步行约十分钟，公寓外观是西式建筑，但房间内却是日式风格，设计得还挺漂亮。打开十二号房间的门，先是一块铺着地板的狭小区域，再往里走便是六叠^①大小的房间，被拾掇得非常整洁。

杉本招呼蓑浦刑警坐在矮桌旁的棉坐垫上，打开像壁橱似的厨房拉门，将咖啡壶放在煤气炉上，自己也没换西服，就这样坐在了矮桌前。吸了几口烟，又接着闲聊了几句，就这会儿工夫，咖啡煮开了。杉本站起身来走过去，熟练地将咖啡倒入两个用来喝咖啡的茶碗中，端回了桌。

杉本是姬田的后辈，二十五岁，是个去年刚从大学毕业的青年。他长相温厚，戴一副时髦的银边近视眼镜，看上去总觉得有些女性化。他似乎刚开始公寓生活没多久，就连给客人泡咖啡这样的事，都做得兴致勃勃。

"我从姬田的父亲那里借来了姬田的日记，抄了些要点。"

蓑浦刑警一边津津有味地啜饮着热咖啡，一边切入了正题：

"从那本日记中能看出，杉本你是姬田最亲近的朋友。所以今天我是想开诚布公地和你谈谈，听听你的意见，这才来的。那么首先，我对我的工作做一下说明……现在的犯罪搜查是合议制。执行方式是针对每个案件召开搜查会议，然

---

① 叠，计算榻榻米的量词，1叠≈1.62平方米。

后根据定下的方针各自完成分配到的工作。不允许像小说里描述的那样，出现个人英雄式的名侦探抢立功勋的现象。

"这是基本原则，不过，现在的搜查一科科长安井还有别的考量。最近重大案件频发，由多人负责同一案件的话，案件就处理不过来。这样一来，这种自杀、他杀性质不明确的案件，特别是发生在地方、后又移交给东京的案件，就不得不排在其他重大案件的后面，最终很容易被忽视。因此，现在开始我们采取一种新的办案手法，像这种案件就让一个刑警专门负责，完全由他自由裁处，两个月也好，三个月也好，他可以耐心地、不懈地调查。这种方式不局限于小的案件，也可用于陷入僵局的重大案件，以及一般情况下不得不放弃的案件，指派一到两名专门负责人坚持继续搜查。这种情况不属于合议制，特点是完全凭借其个人能力自由发挥。现在我手里就有三起这样的案件，其中姬田这个案子——这么说或许不太合适——是最令我感兴趣的。

"我认为这一定是他杀。犯人恐怕就是在鱼见崎茶叶店女招待与青年村民依田的陈述中他们所看到的那个穿灰外套的男人。但后来就再无一点儿线索了。根据我的推测，那个男人一定是乔装打扮过的。因为他的眼镜和小胡子本就很可疑。如果去掉这两样，他会完全变成另一种模样，或许就连目击者——茶叶店女招待都认不出来。何况是要从热海人山人海的温泉游客当中找出他，简直如同大海捞针一般。

"我对你就知无不言了。这起案件我分三条线在调查：第一条线是热海的案发现场。尽管现在热海警署方面还在搜查，不过到目前为止恐怕都没有什么新发现。第二条线是姬田提到过的，与那根白色羽毛的寄送者有关的秘密结社。我们警视厅其他科的警员正着手调查这条线，但他们也还没发现什么线索。第三条线是姬田的家人、亲戚和朋友。这条线我正在调查。

"时至今日，我已寻访二十多人了，调查了方方面面。和姬田的父母也谈过好几次话，还有他的亲朋好友。刚才我也说了，我摘抄了死者姬田的日记，因此对他的人际关系了解得很清楚，并一一拜访了日记中的那些人。除此之外，我还寻访了大河原与他的夫人。我与大名鼎鼎的私家侦探明智小五郎先生也是故交，所以还听取了他的意见。明智先生真是头脑敏锐、聪明过人，很值得我们学习。我们的科长安井同明智先生也往来密切。

"不是有种不好的说法叫作'家访侦探'吗？我就是这样的'家访侦探'，就跟保险推销员似的。只不过我常年同犯罪者打交道，所以判断力还是很精准的。明智先生常对我说，'像你这样的侦探，总能取得最终胜利'。他的办案手法与我截然相反，所以反倒有这种感觉吧。"

这个人讲起话来真是滔滔不绝，将他耐性强的性格体现得淋漓尽致。不过杉本一点儿都没觉得无聊。因为平素里无缘听到有关侦探的事，他觉得这机会挺难得。还有就是蓑浦警部补的说话方式，不知哪里，有点儿像糖那种黏糊糊、甜丝丝的感觉，令他听得津津有味。

"然而，迄今为止我所探访的人，全都有不在场证明。

也就是说，十一月三日下午至傍晚这段时间内，没有人离开过东京。要去热海作案再返回东京，至少需要五六个小时。没有一个人曾离开东京那么久。不过嘛，先不说这个了，我已经想好接下来该怎么做了。说点儿别的，我有件事想请你帮帮忙。是关于姬田的日记的。"

蓑浦刑警从兜里掏出一个小本，在手指上沾了点儿唾沫，一页一页地翻了起来。

"喏，就是这个。这是我抄的。在姬田的日记里，从今年五月初起一直到最近，都记着某种日期，有些地方还写着奇怪的像暗号一样的东西。我将它们集中抄写在这里了，按日期顺序排列。"他这样说道。

在他递过来的本子上，如下记着一张表：

月 日	记 号
5. 6	K. 300
5. 10	O. 200
5. 23	M. 230
6. 2	K. 700
6. 8	S. 200
6. 17	E. 700
7. 5	K. 300
7. 13	O. 200
7. 17	Y. 200
7. 24	Y. 200
7. 31	Y. 300
8. 7	R. 130
8. 14	R. 200
8. 21	R. 100
9. 5	K. 300
9. 9	G. 200
9. 13	O. 300
10. 10	K. 200

"这些数字似乎并不是金额，而像是时间。后两位大部分是00，有些是30，如果将它视为在表示三十分的话，那一切就都合理了。这样一来，表中的时间从一点至七点都有，应该不是上午，看作下午更合理。但说到前面的英文字母，假设那些数字是时间的话，我想这些字母应该是人名或地名的首字母。这样的话，就不得不怀疑，这张表是不是记录的这些时刻，在某处与某人进行的秘密集会呢？或许对方就是秘密结社的成员。这方面的情况我会另行调查。不过根据他家人与朋友的陈述，在我的想象中姬田并不是那种会与危险的秘密结社有牵扯的性格。"

"当然，我想他绝对不会的。我相信姬田一点儿过激思想都没有，无论是偏左还是偏右。"

杉本胸有成竹地回答道。

"如果不是的话，那就是男女关系了。有许多涉及情色的秘密俱乐部之类的场所。然而，若假定这些首字母是指这种场所，那时间就变得不对劲了。我想，下午两三点是不会有这种集会的，就算是深夜的两三点，也还是有些不合理。

那么，我们试着将它看作幽会的时间如何呢？这样一来，首字母就代表女性的姓名，不过这里可有八个不同的首字母呢，姬田是能够玩弄那么多女性的情场高手吗？"

"这也不对。虽然他并没跟我说过恋爱方面的事，但如果他恋爱的话，应该挺专一的。姬田不是那种好色之徒。"

"是。他其他的朋友也都是这样的看法。那么，这就不是女人姓名的首字母了，或许是幽会地点的首字母？在八个不同的地点见面，会是电车站的站名吗？我查看了许多站名，但也没有合适的，那这就不是站名。或许是旅馆或酒店的名字？然而，如果是这样的话，那一点、两点、三点的时间也太多了，不论假定为上午还是下午，都觉得很别扭……好吧，换个话题，你们公司有长时间的夏休假之类的假期吗？"

"没有。除了周日和节假日休息，一年就只有十天年假，没有夏休假。"

"我想也是。所以嘛，你看这张表日期这部分。我把它和今年的周历表作了对照，发现一件有趣的事……从最初的五月六日开始，截止到七月十三日，还有从九月五日开始，截止到最后的十月十日，所有的日期都正好是工作日，没有一天是周日或节假日。然而，中间从七月十七日开始，截止到八月二十一日的几个日期，全都是周日。其中似乎有什么文章呢！是不是由于天热而去旅行避暑了呢？因为只有周日才能去外地啊。"

"不过，就算是去外地，下午两点、三点这样的时间也很奇怪啊。难得利用休息日出去，应该尽早出发才对吧？"

"你说到点子上了。我也不能理解。其实我还没琢磨清楚这些符号究竟是什么意思，所以我才来征询你的意见。除了以前陈述过的那些，你想没想到什么其他的线索？"

"我也实在想不出来了。不过，要是这些数字是幽会时间之类的，并且还是下午的话，可以确认一下那天的那个时间，姬田是否确实不在公司。"

"没错。其实这就是我想拜托你做的。你看看这张表，在你的记忆里,这几天的这几个时间,姬田是不是确实没在公司?"

这时,蓑浦刑警从兜里掏出一盒"光"牌烟草,将烟丝小心地填入烟斗并点上火。然后他猛地吸了口烟,再用鼻子慢慢喷出烟雾,同时眯起眼睛注视着杉本的脸。

杉本看着本子上的表思索了片刻,猛然间,像想起了什么似的说:

"啊,这天他确实不在,就是最后十月十日这一天。这天我俩因公外出办事来着。办完事后我们在外面用了餐,那会儿大约是一点半吧,姬田君说他还有点儿事,和我道别后不知去了哪里。他是四点左右回到公司的,也就是说他那两个多小时偷偷去了什么地方。不过嘛,也有可能他是去办了什么我不知道的公事。"

"嗯,嗯,那么这一天的行踪算是弄清楚了。你们是在哪里分开的呢?"

"在新桥站附近。因为我们是在那一带用的餐。"

蓑浦刑警从杉本手中拿回本子,在上面记了些什么,写完后又递回给杉本,追问道:"想不到其他线索了吗?"杉本又冥思苦想了一会儿,但却没能再说出什么来。只答道:

"明天我去公司委婉地问问大家吧。姬田君外勤较多,或许这张表上记录的时间多半都不在公司。若是那样的话,我想现在很难查出他是因公外出还是去幽会了,不过我会尽我所能。那么,我一发现什么就通知你。"

"你能帮忙,我十分感谢。那我就把这张表抄一份留给你，拜托了。"

语毕，刑警从本子上撕下一页纸，借用杉本的笔仔细地将表抄在了上面。接着他拿出兜里的名片夹取出一张名片，和抄好的表一起递给杉本，说道：

"我在这张名片上警视厅的电话号码旁写上了我的分机号码，拜托你了……那这件事就说完了，但实际上我还有件事想向你打听。"

蓑浦刑警一脸过意不去的表情，仿佛在说"给你添麻烦了"，一边换了个姿势坐。

"还是关于这张表上的日期的。假设这是幽会的日子，那就是从五月六日开始的，这是一点。还有就是我数了数每月的次数，发现五、六月份都有三次，七月有五次，八、九月份都有三次，十月减少到一次。最频繁的一个月是七月。从九月十三日起到十月十日，中断了将近一个月，接下来直到姬田身亡的十一月三日，这期间也一直处于中断状态。这些次数是不是体现了感情的程度？如果说这是他与情人幽会的日期，那么我想，你作为他的好友，应该能从他的言行与神色中察觉到些什么。"

这时，蓑浦刑警又掏出烟草，填进烟斗里，慢悠悠地点上了火。

"这样说的话，的确有些事和这张表吻合。"

从这样一张简简单单的表就能推断出这么多东西。一方面，杉本对此感到惊叹，另一方面，他绞尽脑汁地回忆起来。

"的确是自五月初开始，姬田君就给人一种心神不宁的浮躁感。正好和这张表对上了。在随后的几个月里，有段时期他像被附身了似的沉迷于某件事。我还想他是不是恋爱了。于是，我有时会探探他的口风，但他守口如瓶。我渐渐意识到，他对这场恋爱很认真。不过，看过这张表后我想起来了，他从九月末开始变得焦虑起来，时常心不在焉地望着某处发呆，一副怅然若失的样子。当时我以为他失恋了，于是便想安慰安慰他，但姬田君没有接受，独自烦恼来着。"

说到这里，杉本才恍然大悟。

"啊，原来是这样。所以这张表就和犯罪联系在一起了。这场恋爱就是姬田君横死的原因啊。您从一开始就注意到这一点了吧。那是三角关系吗？因此情敌杀了他？不过，这也太奇怪了，为什么是失恋的姬田被杀呢？难道是出于某种失误，他本想干掉情敌却被反杀吗？我想不通。我反而觉得他是由于失恋才自杀的这个推断更像真的了。您能确定这起案件一定是他杀吗？"

老练的蓑浦刑警见杉本陷入混乱，重重地点了点头。他一边不慌不忙地准备离开，一边下了最后的结论：

"我更倾向于是他杀，不过还不清楚动机，也不知道犯人在哪儿。我打算一步一个脚印地接近真相。或许你体会不到，侦探这份工作实在是有趣得很啊。只要犯罪，就必然存在犯人，这一点毋庸置疑。将那名犯人作为中心，一步一步地缩小调查范围。急于求成会导致失败，也不能凭直觉。要确保调查范围没有一丝裂缝并不断缩小，否则就会被犯人狡猾地逃脱。

"我打算将这张表上的首字母假设为旅馆与酒店的名字，展开'家访侦探'的工作。要是天才侦探应该会瞄准更有想象力的关键点吧。然而，'家访侦探'需得将行动力摆在第一位，一旦碰壁就再试探别的路。只要将迷宫中所有的路都走上一遍，无论如何都能抵达'奥院'①。对我而言，这种探案手段着实愉快，类似于玩捉迷藏。找人的那一方挨个儿搜查所有可疑的地方，是不是这里？是不是那里？是充满紧张感的那种愉快哦。我不知道东京市内有多少家首字母吻合的旅馆与酒店，但我一定会把它们全都找出来。我在此事上已有多年的办案经验，知道许多捷径，因此这份工作并不像想象的那样难。

"那么，今天我便告辞了，或许哪天还要再来请你帮我出主意呢。还有关于这些日期的这些时间，姬田究竟在不在公司这件事。如果他没在公司的话，我想请你尽力帮我查清楚他去了哪儿。我等你电话，希望你有好消息。如果我不在，请把你的姓名报给接线员，过后我会给你打回来的。"

说着，蓑浦刑警终于站起身来准备走了。这时已过了吃晚饭的点儿，因此杉本邀请他一起吃点儿盖浇饭之类的填饱肚子，但他固执地谢绝后便告辞了。

---

① 奥院，日本佛教建筑用语。设在正殿后山的佛堂，多建于岩窟等幽邃之处。

犯罪嫌疑人

私家侦探明智小五郎的住宅兼事务所位于千代田区采女町纯西式设计的"麹町公寓"二楼，是占据了整整一层的大平层。明智夫人在高原疗养院养病，因此现在家中只有明智侦探同少年助手小林两个人。吃饭是从位于同座建筑的餐厅买来吃，少年小林负责泡咖啡，也帮忙做些杂务。

明智侦探虽已年过五十，但一点儿都没发福，面容也像过去一样瘦削而紧绷。在亮处仔细看的话，他五官立体、线条分明的脸上有些许细纹，从太阳穴到脸颊的部分也长了几个褐色的小斑点，但这反而为他增添了知性的魅力，起到了点缀的作用。

十二月上旬的某一天，明智小五郎在他那宽敞的大平层会客室里，与警视厅搜查一科的蓑浦刑警面对面坐着。

"从五月六日开始一直到十月十日，姬田的那本日记出现过十八次奇怪的符号，我假设它代表的是姬田在酒店或咖啡店与某人见面的时间，并尽力去核对了一番。"

蓑浦刑警的语气简直像是在向上级汇报，他将自己的调查结果对这位私家侦探和盘托出。

"你上次来我这儿,已是半个月前了吧。应该搜集到不少资料了。说起这些,整个警视厅里,也没人能比得过你。"

明智侦探也是一副亲切的口吻。他与搜查一科科长安井来往密切,同蓑浦刑警也是相识数年的朋友了,蓑浦简直就像是他的弟子一般。科长对他们这种关系也了然于胸。

明智侦探穿着自打他年轻时就喜欢穿的纯黑色西服,英式剪裁,十分修身。他靠在扶手椅上,跷着二郎腿,这个姿势很有他的风范。他还没戴上老花镜,像年轻时一样乱蓬蓬的头发已变得花白。这头半白的乱发有种难以形容的滑稽感。

年过四十的蓑浦刑警很老练,被明智侦探称赞,既没露出喜不自胜的表情,也没不好意思。他从兜里掏出笔记本,翻到写着日期与符号的那一页,耐心地汇报起来。他性格如此,尽管年纪比明智侦探小,但却更加成熟、更加从容不迫。

"我试着从酒店、旅馆、餐厅、咖啡店等详细的名册中,找出与这张表上K、O、M等首字母吻合的店名并记了下来,但实在是太多了,全部加起来有一千多家。我从中排除了不适合作为幽会场所的地方,再按管片分类。然后拜托各个警署的熟人前去调查,在日记中这些日期的这些时间,有没有疑似姬田的人物到店。有电话的店打电话调查,没电话的店就专门跑一趟。

"这样一来,要同时满足日期、时间、疑似姬田这三个条件,可疑的店一下就变少了许多。需要我亲自出马的店一百多家,范围已经缩小了不少。这一百多家店我都挨个儿调查过了。

"日记中从七月十七日至八月二十一日间的那六次，很像是出远门去了东京市外，所以姑且先排除。然后我又调查了剩下的十二次，最终只查到五家店吻合。在这十二次里，有几次首字母是重复的，比方说K，就重复出现了五次。但我实际调查时一看，有疑似姬田的男子出入的店，两次是谷中初音町一家简陋的旅店'清水'，还有两次是港区今井町一家面向外国人的奇怪旅社'国王'，剩下的一次还不确定是在哪儿。不过有像这样两次都利用同一家店的情况，因此虽说是五家店，但在次数上应该是八次。十二次中有八次已查清，所以我想这姑且能先充当基础资料。

"再说这五家店，全都位于不显眼的街道，都是那种破旧、简陋的小旅馆，和爱赶时髦的姬田一点儿都不搭。说起来，也不是时下流行的那种带有温泉标记的旅馆，偏偏是那种古老、寒酸的小旅社，看起来已经过时了。这是一个重要特征。

"我把姬田的照片同几张其他同龄男子的照片混在一起带到旅馆里，询问那里的女佣和掌柜，在那些日期的那些时间，有没有照片里的哪个男青年曾来过店里。对方都指认出了姬田，所以肯定没错，他的确曾去过这五家旅馆，共八次。

"这八次他全都是偕女伴去的。预定了僻静的房间，两人在房间里待上一到两个小时才离开。并且每次都让女佣铺被褥，尽管是大白天。"

"你的说话方式很有技巧啊，很有悬念。那么，他带去的女人是谁呢？"

明智放下二郎腿，伸出一只手拿起桌上的香烟，露出了讨人喜欢的笑容。那笑容的确像庄司武彦曾对大河原氏说过的那样，从某种角度看令人生畏。

"这一点还没查清，完全没有头绪。我基本上掌握了同姬田有交往的年轻女性的信息，试着核对了一下，但没有一个人符合。再者说，我也不确定这八次是否每次都是同一个女子。女子的装束每次都不同，有时会打扮成穿西服的女业务员，但大多数时候都穿着朴素的和服，看起来像是生活拮据的寡妇。服装也好，发型也好，面部特征也好，的确每次都不一样。

"不过，姬田的公司同事兼好友——杉本曾斩钉截铁地说，姬田不是那种好色之徒。上个月月末，我去拜访了这位杉本君，拜托他帮我调查这张表上的这些时间里姬田是否外出了，前几天他将调查结果告诉我了。七月至八月间的六次全都是在周日，可以排除。至于剩下的十二次，有三次不确定，其余九次全都先表上的时间一步出公司办事，然后晚于表上的时间两小时以上回公司或直接回家，已基本确定了。协助我进行这项调查的杉本君还曾断言，若姬田恋爱的话肯定很专一，他不是那种同时玩弄好几名女性的花花公子。"

"这女人真神秘啊！假设这几次都是同一名女子，那她或许每次都要乔装打扮一番才能赴约。这样的幽会实在是太费事了。那我们就要想想，什么样的女性才必须做到这个地步。你想到什么人了吗？"

明智用耐人寻味的眼神看向蓑浦。

"没有。这真是难住我了。"

蓑浦刑警慢吞吞地回答道,脸上倒没显出为难的样子来。

"就周密的实地搜查而言,你是一流的侦探,但在想象力这方面却毫无天分啊。"

"不是没天分,而是潜意识禁止我去想象或凭直觉。单凭想象的话,万一一直奔错误的对象去了,不知要绕多少远路呢。所谓欲速则不达,我认为即便迂回一些,但只要确保实地搜查的圈子正一步一步地缩小,最终它就是最佳的路,也是最近的路。"

"这是你的可贵之处。但现实主义也要有个限度吧,完全禁止想象的搜查是不存在的。实地搜查的出发点也都是想象啊。举例来说吧,就好比姬田日记中的符号,那些K也好O也好的首字母,将它们想成旅馆凭的不也是想象力吗?不过话说回来,你真的完全想不到谁是姬田的幽会对象吗?"

"是的。"

蓑浦十分坦然。有时候他看起来完全就是个无可救药的老顽固。

"哈哈哈,顽固的家伙。那我说说我的想法,你不就是为了听这个来的嘛。我从你那里得到这张表的抄件时,立刻就想到了一个人。我的直觉告诉我,这是极为秘密的幽会。时间多在白天,这一特征也很明显。我立刻联想到是有夫之妇钻了丈夫外出的空子。这么一来,在我已知的范围内,除了大河原夫人就再没其他符合特征的女人了。当然还不能断定,但我想先碰碰运气,于是我便在大河原家的秘书——名叫庄司武彦的青年来我这儿时,让他誊抄了这张表,拜托他调查一下,在表上所记的日期和时间里,大河原夫妇是否在家。

"庄司君花了一周多时间,尽他所能进行了调查。少年门房会将有关主人大河原氏的行程仔细地记在日记上,因此他每天外出与回家的时间都很清楚。比照完后明确了一点,那就是在这张表上所记的日期和时间里,大河原氏都外出了。基本上,大河原氏出门的时间比这张表上的时间要早许多,而且直到深夜才回家。不是去参加公司的董事会,就是去参加某人的招待会,他外出净是去处理些董事的工作。

"没人给大河原夫人记这样的日记,所以只能了解一个大概。最清楚夫人行程的应该是她的贴身女使,但由于时间过去太久,所以女使只记得日期。不过,还是能够得知夫人多半也外出了。夫人有个习惯,那就是趁丈夫外出时去银座等地购物,与各家专营店的老板娘或是经理谈天说地,这是一种赶时髦的做派。这些夫人们也有自己的小圈子,每月都会外出几回,欣赏戏剧、音乐会等。她和赤坂矢野目美容院的矢野目浜子婚前就是好友,常光顾这家美容院。这张表上的日期与时间都和夫人外出的时间冲突。也就是说,这意味着没有资料能证明同姬田幽会的女人不是大河原夫人。"

裳浦刑警流露出十分困惑的神色。

"我根本就没考虑过大河原夫人。小旅馆的老板娘等人看到的与姬田同行的女伴,是个穿着朴素服装的寒酸的女人。

据说样貌也不怎么好看。在我的脑海中，无论如何也无法将她与那位美艳动人的大河原夫人联系在一起……"

"人啊，在极为艰难的情况下，有时会做出很反常的举动。尤其是大家闺秀，更容易做出这种事来。尽管这种程度的乔装打扮很费事，但身为女子绝对不想被丈夫和身边的人发现，一旦被发现就会身败名裂。在这种情况下，恋爱中的女人不管多麻烦的事都会去做。而且，如果是精明的女人，一定还会想些离经叛道、出其不意的点子。像是选择别人觉得她不会出入的小旅馆啦，打扮成与她本人迥然不同的寒酸女人啦……"

"但是，她得看准丈夫外出的时机，急急忙忙地出门吧。那样的乔装打扮不会引起别人的注意？能顺利完成吗？她肯定不能在家里乔装，但在外面更难办到吧？我认为她基本上不可能有乔装的时间和场地。"

"虽然很难，但并非不可能。能不能办到要看大河原夫人的性格。我想去拜访大河原一次，听取一下他的意见，也见见他的夫人。和她聊会儿天就能知道她的性格了。这件事就交给我吧。因为大河原这个人喜欢侦探小说和魔术，我早就对他感兴趣了。此外，我还拜托庄司君帮我调查了一件事，那就是姬田君在鱼见崎坠崖的那天，大河原家的人有什么动向。以那天下午五点为中心，看这前后是否有人曾外出五六个小时。这件事刚发生没多久，所以很容易查清楚。不过，关于这一点，你那边也调查过吧？"

"当然调查过。"蓑浦刑警就像在等这句话似的说道。他用指尖沾了点儿唾沫，翻开笔记本，说："由于大河原氏夫妇与庄司君，以及家中的司机前往热海了，所以除去他们，家中还剩十个人。经理黑岩老人、夫人从娘家带来的老奶妈种田富、少年门房、两名贴身女使、两名女佣、厨娘、看守庭院的老人，还有司机的妻子。其中有一半人一整天都在家，但另一半人外出了两三个小时甚至更长。外出的人中，五点左右不在家的人很少，只有黑岩老人和名叫种田富的婆婆，以及夫人的一名贴身女使。不过贴身女使回根岸的娘家去了，有充分的不在场证明。黑岩老人在大河原家附近有一栋房子，不住在宅邸内，但那天一早他就出家门去拜访小田原的旧友了，直到深夜才回家。我也托小田原的警察核实过那名旧友的情况，拜访一事属实。他们一同去饭馆吃了饭，还下了围棋，就这样消磨了一天时间。不过，小田原离热海很近，他的不在场证明还需我亲自深入调查，否则不能肯定。种田富曾是夫人的奶妈子，那天她白天出门，深夜才归，说是独自去歌舞伎座①看表演了。碰巧有个证人。那是傍晚五点左右，她在歌舞伎座的走廊上正好遇到了村越君，两人站着说了会儿话。我已向双方核实过了，那时正好是五点左右，因此这二人算是有完美的不在场证明。叫村越的人是大河原氏担任董事的城北制药的青年员工，也是常出入大河原家的姬田的朋友。如此一来，大河原家的人就全都有了不在场证明。"

"稍等，你漏了一个人吧，司机呢？案发时大河原夫妇

---

① 歌舞伎座，位于银座的剧场。

与庄司君在别墅没错,那时候司机在哪儿?"

"也在别墅。那天大河原氏自己开车去了高尔夫球场,因此司机闲来无事,出门游玩去了。不过案发时他已回到别墅,并且和看守别墅的老夫妇以及他们的女儿正聊些家长里短。热海警署的刑警分别找这四人询问过,口供一致,所以不会有错。"

"那么,请再给我讲讲关于姬田在东京的朋友关系你所调查到的结果吧。"

"这项调查可是花了我不少时间,但结果却极其简单。所有人都有不在场证明。我们通过询问姬田的父母及翻阅日记而得知的友人共十一名,他们在案发那天均未离开过东京。从东京往返热海至少需要五六个小时,可大家都有人作证,在这么长的时间段里孤身一人的人一个都没有。"

"也就是说,姬田君身边连一名犯罪嫌疑人都没发现?"

明智将右手的手指插入乱发中挠了挠,嘴角浮现出一丝古怪的微笑,自言自语般说道。

"这就是所谓'家访侦探'的悲哀之处,我挥洒汗水奔波了整整一个月的结果就只有这些。不过我倒不甚在意,用富士山来比喻的话,我现在刚爬到三合目①。工作才刚刚开始。无论多么细小的破绽,我一旦发现就会扑过去紧抓不放。我会见缝插针,越探越深。即使入口小得看不见,但里面不一

---

① 合目,富士山由山脚至山顶分为十合。山脚称为"一合目",山顶称为"十合目"。

定隐藏着多么巨大的洞穴呢。"

"你似乎已经发现破绽了噢。"

明智先生的微笑变得更深了。

"没错，我是发现了。虽然尚不明确，但除此以外再无其他破绽了。接下来我准备见缝插针去探究的人就是村越君。其实我是被先生您的话启发，刚刚才注意到他的。

"我从庄司君那里听说了姬田同村越因在大河原氏面前争宠而反目一事。您之前不也跟我说过，二人甚至曾在庭院中争执斗殴吗？不过，只是在公司董事或社长面前争宠的话，不至于到杀人的地步。肯定还有别的原因。姬田生前曾透露过秘密结社的线索，这算得上是一个原因，但无论我怎样调查都没发现关于它的信息。姬田是与这样的结社有关系，还是得罪了结社？连一星半点的痕迹都找不到。不过，今天听了您的话，以大河原夫人为中心的三角关系浮现在我的脑海中。我怀疑姬田同村越是不是为了在夫人面前争宠，才对彼此抱有如此强烈的恨意呢？并且最终走到了杀人这一步。

"然而，其中有一个矛盾点。出现在那张表上的幽会次数在七月份达到最高点，然后逐渐减少。尤其是从九月中旬开始，直到案发的十一月初为止，两人只见过一次面。姬田的好友杉本君也说过，姬田自九月末起就变得很焦躁，看样子像是失恋了。假设村越是他的情敌，那姬田应该是败北的一方。输的人反而被杀了，这件事很奇怪啊。"

明智脸上还挂着那诡异的微笑。

"这正是案件的有趣之处呀。当矛盾点不再是矛盾点时，真相恐怕就呼之欲出了。然而，我们既不知道姬田是不是把所有的日期都记在了日记上，也不能断言他朋友观察到的'焦躁'是不是种错觉。这些暂且放到一边，再观察一下同他反目成仇的村越吧，这项工作还是值得做的。不过，村越有不在场证明。你是说他的不在场证明有破绽吗？"

"正是。我认为或许有破绽。叫作种田富的婆婆有严重的老花眼，甚至在大河原家常因认错人而闹笑话。看歌舞伎表演时她应该戴了合适的老花镜，但她戴着老花镜到底能否认清楚在走廊上碰到的面对面说话的人？我方才突然注意到了这一点，一会儿就去确认。

"还有，种田婆婆说在走廊里擦肩而过时，是村越先开口同她打招呼的。那么我们就能推断，如果村越想伪造不在场证明，而他又提前得知了种田婆婆那天要去歌舞伎座，那他完全可以拜托一个同自己外貌相似的朋友，提前告知朋友种田婆婆的长相。这样一来，那个朋友就能代替自己去歌舞伎座，在走廊找到婆婆并上前打招呼。伪装成村越的样子，和婆婆聊上一两句，也有这样的手段嘛。要做到这一点，多少需要乔装打扮一番，声音也要学得很像才行。村越身边有没有能办到这些的人物呢？还真不好断言。

"我所调查过的姬田的朋友，全都有明确的不在场证明。唯有村越一人有疑点。从这一点来看，村越有深入调查的价值。"

"有意思，这个想法真是有意思啊。我觉得跟踪战术不错,每天从早到晚都紧紧跟着村越。如果他是凶手,有可能会比我们预料的更快露出马脚。"

"跟踪是我的拿手好戏。这家伙变得有趣起来了,我会像蜱虫一样紧紧吸住他不放噢。因为我最喜欢跟踪了……接下来我再去和种田婆婆见个面,好好确认一番,然后就开始跟踪村越。有什么发现我会再通知你的。那我就告辞了。"

蓑浦刑警兴冲冲地站起身来离开了。

过了会儿,脸颊像红苹果一样可爱的少年小林将刑警送出门后回到了会客厅。明智先生笑眯眯地将手搭在他肩上,问道:

"你怎么想?"

"先生您想的和蓑浦刑警完全不一样吧?"

"未必。"

"可是,如果只是跟踪就能破的案子,您应该不会这么起劲儿的。"

这二人看起来像亲密无间的父子一般。少年小林仅凭先生的眼色和口型就能明白他的心思。"未必"这话,也许表达了"的确如此"的意思,但究竟是什么意思就连小林也不明白。有些惊人的秘密只有先生才知道,而这个秘密在今后会逐渐浮出水面,一想到这一点,少年的脸颊就变得更红了,心脏也扑通扑通地乱跳起来。

浴室情迷

恰巧就在这个时候，位于麻布的大河原府邸内，一场变故正在发生。

庄司武彦的恋慕之情日益强烈。对于坠入爱河的男人来说，大河原夫人由美子是一位神秘的女性，而这份神秘感同武彦的恋慕之情成正比，不断加深。武彦同夫人每天没几次接触的机会，但她的一言一行、偶然间的一个眼神、微笑的嘴唇弧度的含义、手与肩膀的间接接触，这一件件琐事对武彦而言都无比重要，甚至他作为秘书的本职工作，都没有一件能与夫人的事相提并论。每当深夜躺在床上时，他都会反复回味这些琐事，一次又一次地回味，饱受美人的幻影与笼罩在她身上的谜团的痛苦与折磨，因原地踏步而感到疲惫，最终沉入泥沼般的梦乡，这已成为家常便饭。

在明智小五郎给了他那张记着日期与时间的奇怪的表后，武彦对主人夫妇的动向进行了调查。几天前，他向明智汇报了调查结果，然而武彦的烦恼变得越发复杂起来。明智并没向武彦说明日期表的出处和调查的意义，但武彦知道这一定是关于姬田横死案件的调查。而在调查中出现了大河原夫妇的名字,特别是出现了夫人由美子的名字这件事,对武彦来说才是令他震惊的重大事件。

在那些日期的那些时间里,由美子正好不在家,武彦一开始并不清楚这意味着什么,他的大脑并没有立刻将这件事与姬田联系在一起。然而由美子一定有什么秘密,搞不好就是外出同男人幽会,这个想法令武彦大受打击。与此同时,原本距离遥远、难以接近的由美子的幻象,如同特写镜头一般栩栩如生地出现在他眼前,不断向他靠近,并在那里投下一片不贞的阴影。但武彦非但不认为那是肮脏的,反倒令他的爱慕之情又增加了几分。每天夜里的幻影也由纯洁美丽逐渐变成了淫荡冶艳的形象。这使得他越发苦闷,甚至已达不堪重负的程度。

正值此时,大河原氏为了工作上的事要去大阪出差,并在那里住一夜。当然,他命武彦随行。乘飞机出发的前一天晚上,武彦正在图书室里查阅些东西,由美子夫人走了进来。她的脚步仿佛心事重重。接着,她冷不丁地说出了令武彦感到震惊的话。

"庄司,我有话对你说,不过说起来有些复杂。你能不能装病?然后明天不要随行,待在家里听我说说话。"

她的脸上带着一丝狡黠的微笑,像在勾引武彦一般。武彦的心脏被刺中,狂跳起来,脸也变得通红。与其说是喜悦,倒不如说是一种恐惧。

"好,那我就按您说的做。我说我头痛,要去看医生。"

接着，他当夜去了附近的医院就诊，谎称自己头疼，成功地骗过了医生，随即跟主人请假后便早早地就寝了。大河原氏去大阪则由公司秘书随行。

大河原氏出发那一天的夜里，待家里人全都睡熟后，十一点左右，武彦偷偷溜进了西式建筑内主人夫妇的卧室。这是他和由美子夫人约好的。

主人夫妇的卧室在西式建筑最靠里面的位置，武彦的房间也在西式建筑，中间隔着会客室、图书室等，但没有其他雇员的房间，沿着走廊走就到了。因此甚是方便。

在此之前，武彦从未踏入过主人夫妇的卧室，但根据女佣的形容，那个房间的结构会让人联想到大酒店那种带浴室的客房。无论是沐浴还是洗脸，都不用踏出房间半步，设计得很是方便。据说日式建筑内也有夫妇用的卧室，原本主人是住那一间的，但在年轻的续弦由美子嫁过来后不久，便扩建了西式建筑并增盖了这间酒店式的卧房。那时还顺便增设了奢侈的蒸汽锅炉暖房，因此整栋建筑都通上了暖气，浴室和洗脸池那里也安装了设备，随时都能用热水。

武彦的心怦怦乱跳，像梦游患者似的穿过铺着地毯的走廊，来到卧室前。他站在漆成浅灰色的美式风格的卧室门前，脑海里突然闪过一个念头：

"似乎在哪部电影中曾看到过这个画面呢。我现在可是爱的勇士啊！"这个念头不安分地在他心中来回乱窜。

他用指尖嗒嗒嗒地叩了几下门。啊！何等的不安，何等的得意,又是何等的快乐啊!

门从里面无声地打开了,门后露出由美子绝美的笑容。她将一件黑色外袍像斗篷那样披在肩上,不知这外袍是什么质地的,只要她微微活动一下身体,那带着斜纹的布面就会闪闪发光。在散发出黑色光泽的外袍上方,是由美子娇艳的面容,她化了妆,是浅咖色系的妆面。她冲武彦嫣然一笑,嘴唇的曲线妖冶得令武彦颤抖。

屋内正对武彦的一个角落里,放着一张豪华大床,四周挂着床帐。床前放着一张小圆几,还有两把罩着大红色毛织物盖毯的安乐椅。落地灯的灯光只照亮了房间的那个角落,呈现出一片朦胧的粉色。

由美子在其中一把安乐椅上坐下,用手指了指另外一把,向武彦示意。武彦一边努力掩饰自己胆怯的神情,一边尽可能表现出从容不迫的样子,坐了下去。

"你应该有什么话想对我说吧?我就是为这个才特意把你留下的。"

武彦不想糊里糊涂地会错了意,她的语气似乎在说别的事。他看着由美子的脸,没说话。

"你向阿菊打听我的事来着?我什么时间去了哪里,诸如此类的。阿菊全都向我坦白了哟,不过我想听你自己说。"

阿菊是由美子贴身女使的名字。武彦意识到自己脸色发青,一想到由美子只是想确认这些,他就羞愧得腋下直冒冷汗。然而还有一线希望。如果她只是为了说这些,为什么要选在卧室呢？为什么要选在深夜呢？

"我也不知道原因，是明智小五郎先生拜托我的。他让我不要跟夫人您说，间接调查一下。"

武彦一五一十地说，想借此逆转局势，变被动为主动。

"我想可能就是这么回事。所以，都有哪天？"

由美子的眼神很温柔，她并没有生气。甚至给人一种感觉，她似乎很愿意和武彦独处，并且很享受谈论这样私密的话题。

"我也没记住。这里有张表，记着日期和时间。"

武彦将小心收在兜里的表拿出来，递给由美子。

由美子接过表，一条一条仔细地看了一遍，她的眼神仿佛在回想什么事，神色倒没什么变化。

"我真想不通，这些日期和时间究竟是从何处得来的？你知道吗？"

"我也不知道。明智先生什么都没跟我解释。不过……"

"不过你已经有自己的猜测了，对不对？"

通常情况下，武彦都是个胆小鬼。但在某些情况下，当他揣度出对方的心理、看透对方没什么威胁性时，他的胆子就会大得吓人。

"我猜想，这是不是夫人和谁在外面幽会的日期和时间？"

武彦就差脱口说出"我说的没错吧"这句话了，他紧紧地盯着夫人的眼睛。由美子的眼神很清澈，她微微地笑了笑。

"你说的这个'谁',是指情人?"

由美子也相当大胆。武彦喜欢这样的对话,仿佛彼此都看透了对方的内心。特别是他早已抑制不住对夫人的恋慕之情了,更是异常兴奋。他没有回答夫人这个问题,露出不好意思的神情来。

"你嫉妒了?"

武彦想呐喊着"是的"扑进夫人怀里,但他硬生生忍住了,仍摆出一副羞涩的模样。

"我哪有什么情人呀。明智先生一定是误会什么了。我倒是经常外出,基本上只要丈夫一出门,我就也出去。购物啦,看表演啦,听音乐会啦,还会去访友。我丈夫一个月里有一半时间都不在家,所以我也有一半时间不在呀。"她看着手中的日期表,又说道,"这些日期,一个月只有三四次吧。那和我的外出日期重合也不稀奇啊。就算这些日期的这些时间里,我恰好也外出了,那也不过是巧合罢了。因为我每个月外出的时间是这张表上的时间的好几倍呢。"

武彦听完夫人的话,仍是半信半疑的样子。

"对了,虽然我想看着这张表回忆起来,但过去太久的事我实在是记不清了。不过,最后十月十日这一天我还是记得的。一过中午我就去了赤坂的矢野目美容院,在那儿做了头发和面部美容,然后和老板娘一直聊到傍晚。矢野目浜子是我的老朋友,我们常一起闲聊的。"

武彦暗想,白天在美容院幽会也不是不可能,但这个想法对面前的人实在是太失礼了,因此他又立刻打消了这个念头。

"明智先生到底是怎么想的呢?我想同他见一面。"

连这件事武彦都感到嫉妒。他明白,明智先生这样的人物是自己这种人根本就比不上的,就算他已经五十多岁了,但仍是名美男子,对年轻女子具有一定的吸引力。

"庄司你呀,像小鸽子一样敏感呢。你又嫉妒了……对吧?"

接着,由美子以一种意想不到的姿态笑了起来。不是大家闺秀应该有的笑容,而是娼妓般的笑容,一种带有高贵气质的淫靡媚态。这时她的脚动了一下,外袍下摆微微开了条缝,因此能看到衬里的大红缎面。

由美子果然是位包容男性型的女性。尽管武彦早就觉察到了这一点,但此刻更加确定了。他真想被那件有大红色衬里的睡袍包裹起来。

"你是因为明智先生拜托才调查这些的吧?其实你是担心我的,对吗?"

夫人目不转睛地盯着武彦说道。武彦像个毛头小子一样面红耳赤。

"你完全不必担心哟。在明智先生脑海中,或许是将姬田坠崖一案与这张日期表联系在一起了,但我什么都没做过。没什么可担心的嘛。

"我说,庄司你在想什么,我可一清二楚。我说的没错吧？所以还有一件事我也早就知道了。早在你来这儿之前我就知道……"

此刻，这位美人的大胆冲破了第二道防线。她的手在小茶几下摸向了武彦的手。武彦敏感地察觉到了，反手握住她的手。武彦的手被紧紧握住，简直快被捏碎了，他也用力捏了回去。两股力道相互作用，十指变得如同严刑拷打时用的拶指一般紧紧夹住对方，连血液都不流通了，肉与肉相互挤压。

武彦微微合上双眼，但马上又睁开了，直直看向由美子的脸。她美丽而湿润的双目一直目不转睛地盯着他。两人对视着，视线交缠在一起无法分开。武彦感到自己完全丧失了思考能力。交握的手已经麻木了，几乎没有感觉了。同时整具身体的感觉也变得麻木起来。接着，从他紧盯着由美子无法移开视线的双眼中，逐渐涌出晶莹的泪水，泪滴沿着脸颊滑落下来。

像是被他感染了一般，由美子的眼中也涌出了泪水。两人的面颊如同被水洗过一般散发着光泽，异常娇嫩。

不知过了多久他们才动弹。由美子从椅子上站起来，趴在了武彦身上。麻木的双手到了难舍难分的地步。她腾出一只手来搂住武彦的肩膀，武彦也用手搂住了她的腰。他感觉外袍丝滑的质地摸起来宛如她的肌肤一般。

他们保持着这个姿势，一动不动地过了很久。紧接着，两人被泪水打湿的滚烫的双唇紧贴在一起相互吸吮，因欢喜而颤抖。武彦在心中不断呐喊：这才是生而为人真正应该做的事，其余的一切都是虚假的！呛人的芳香扑向他的脸庞，她滑嫩的温热肌肤不可思议地包裹住他的全身，他试图看向她的双眼，想从她眼中看到欢喜。然而他们距离太近，什么都看不清。她大而湿润的双瞳遮天蔽日地占据了他的全部视野，看起来已经不像人类的眼睛了，而是一种充斥着整个宇宙的黑色物质，象征情欲，发出刺眼的光。

两人已将时间置之度外，浑然不觉过去了多久。不过当由美子抽身离开武彦的怀抱时，她像是重生了一般。眼泪已经干了，麻木的身体也恢复到了往常的状态，柔韧而富有朝气。

"我想到一个好主意。等一下噢。"

由美子的大胆再次冲破第三道防线。在一面墙上，浴室门敞开着，她飞快地跑进去，关上了门。

紧接着，浴室中传来哗啦啦的放水声。没过多久，浅灰色的门无声地打开了，一道白色的人影挡在门口。由美子脱掉了身上所有的衣物，从头到脚一丝不挂，裸露出娇嫩的淡粉色肌肤。

武彦仍全身酥麻地瘫坐在安乐椅上，但面前打开的浴室门像是给了他一记电击。他做梦都不敢想的事竟成真了。他简直怀疑这一切是不是自己因发疯而产生的幻觉。他想，就算自己真疯了也无所谓。

沿着淡粉色的胴体向上看，由美子脸上挂着令人陶醉的笑容。武彦发狂般冲向由美子。

由美子用眼神阻止了他，但并不是拒绝，而像是在示意什么。武彦明白这是让他也脱掉衣服的意思。

他不管不顾地扯开扣子，脱掉了衣服。他的内衣有些脏，但他丝毫没在意。直到脱最后一件衣服时他都保持着镇定。

随后他便冲进了浴室，把门关得严严实实的。在大理石色的浴缸里，热水散发出蒸汽，充斥着整个浴室。由美子淡粉色的胴体横陈于水中，扭动着溅起水花。她全身的曲线令武彦如醉如狂。

武彦感到晕头转向，几乎就要晕倒了。他勉强站稳，然后猛地扑了过去。在蒸汽里，在水花中，他妄图捉住那条活蹦乱跳的淡粉色大鱼。

跟踪战术

警视厅搜查一科的蓑浦警部补在十二月上旬去找明智小五郎谈话时得出一个结论，那就是接下来针对姬田横死案件进行调查的路线，重中之重在于追究村越君不在场证明的真伪。目前已决定对村越君采取跟踪战术。在拜访过明智后的第二天，他就展开了锲而不舍的跟踪。

蓑浦刑警在跟踪战术上有丰富的经验。在他的考量中，跟踪分为两种。一种是完全不让对方察觉，跟在其身后查明他去过哪些场所，他将这种称为"单纯跟踪"。另一种是故意让对方察觉到自己被跟踪了并不断进行跟踪，使对方变得神经质，如果对方果真是犯人的话，一定会出现失误，警方只要耐心等待就好。这种则称为"复杂跟踪"或"心理性跟踪"。

就村越的情况，如果他在歌舞伎座的不在场证明是伪造的，那他一定不是个易与之辈。因此蓑浦判断，在这种情况下，从一开始就应该采取复杂跟踪。与单纯跟踪相比，这种手段省去了每跟踪一回就要乔装打扮一次的麻烦，行动起来也不累。高级战术更劳神些，但行动上大多比较轻松。

首先展开的行动是每天跟踪村越上下班。也就是早上从他住的公寓跟到公司，晚上再从公司跟到公寓。

村越原本住在靠近池袋中心位置的公寓，但最近——就在十二月初，他搬到了距涩谷站步行只需五六分钟的一个叫作神南庄的公寓里。这间公寓是由古旧的木结构洋房改建成的，过去是民宅。或许是原封不动地保留了复古风的西式房间这一点，恰巧符合村越的喜好。他搬到了一间约十叠大的纯西式风格的房间里，充满了明治时代西洋建筑的氛围感。

村越任职的城北制药株式会社距国有电车赤羽站约十分钟路程。他上下班就是在涩谷与赤羽这两点间往返。他在公司是总务科的二把手，很少外出办公事。

这些情况在跟踪过程中逐渐都摸清了。村越同死者姬田性格截然不同，痴迷于读书，沉默寡言，但很有头脑。因此即便是下班回到家，多数时间也都是窝在公寓里，每个礼拜只有一两天会去大河原家做客，对于跟踪者来说倒是个不费力的对象。

蓑浦刑警身着平时穿的西服，外罩一件大衣，每日与村越乘同一班电车往返于涩谷、赤羽之间。他在案件发生不久后曾去公司拜访过村越两次，也算是认识对方。因此第一天跟踪，在电车里或车站碰面时，村越立刻就注意到了他并和他打了招呼。村越似乎以为他们相遇只是偶然。然而到了第二天、第三天，随着他们一而再再而三地相遇，村越开始焦躁不安起来。

在电车拥挤的人群中，隔着两三个人，他一下子就看见了蓑浦的脸。那张脸总挂着令人不寒而栗的微笑。两人视线交汇时，他将手放在呢帽上向蓑浦打了个招呼。下车后，走在车站的台阶上时，蓑浦也混在一大群人里，隔着两三个人跟在他身后。不论是从车站到公司还是从车站到公寓，一路上蓑浦刑警都摆出一副佯装不知的面孔尾随在村越身后约十米处，毫不懈怠。

或许有人会说这种行径是在"猎人"，太过残酷，但蓑浦刑警根本不这样想。他坚定地认为：如果对方是清白的，就应该不会对他产生太大影响；如果对方果真是犯人，那受折磨就是理所应当的。

第四天，在从公司回家的途中，村越的脸上现出了怒意。在电车上两人视线交汇时，他也没和蓑浦打招呼，马上移开了视线，一副气冲冲的样子。

在涩谷站下车后，虽然隔着人群，但二人之间似乎被一条无形的纽带连接着。保持一定的距离，跟踪仍在继续。村越察觉到身后有人跟踪，走到车站出口时猛地一转身，站在那里不动了，脸上一副忍无可忍的表情。蓑浦刑警想道："快要露出狐狸尾巴了吧！"一边挂上往常的笑容，径直向村越走去。

"喂，你为什么跟着我？要是有想调查的事，直接把我叫到警察那里问话不就好了吗？究竟为什么还要跟踪我？"

村越苍白的脸涨得通红，怒目而视。

蓑浦刑警应付这种状况还是很有经验的。他的笑容更深了，温和地答道：

"不，您误会了，这是巧合。只不过我的出警路线和您的出勤路线凑巧一样罢了。请您千万不要介意。那么，我先告辞了。"

蓑浦将手微微搭在帽子上，走开了。当然，他并没打算停止跟踪。不过是搪塞对方几句，并未做什么允诺。他打定了主意要将跟踪坚持到底。

村越对着刑警的背影怒目而视，发出了不屑的一声"嗤"。但他似乎想到了什么，快步走到车站前停靠汽车的地方，向一辆空车招了招手，车门一打开他就敏捷地钻进车内，叫车开走了。

蓑浦刑警被搞了个措手不及，有些惊诧，但他早就习惯了这样的场面。他一个箭步飞奔出去，也不在意众人的眼光，钻进了停在村越乘坐的那辆车后面的车里。

"我是警视厅的。给我跟上前面那辆车，别跟丢了。"

村越的车在前方十五六米的地方，正向新宿方向驶去。但随后车子又从伊势丹百货商场旁绕了一圈，向池袋方向驶去。蓑浦刑警紧靠向驾驶座的靠背，专心致志地盯着前方的车。接着，在即将到达池袋的地方，村越的车突然一个急刹车停了下来。蓑浦以为他要下车，也让司机停住了车。然而并不像他想的这样，只见坐在乘客座位上的村越对司机下达了某项指令，车子又开动了，转了一个大弯掉头，然后似乎是打算沿来时的路原路返回。蓑浦心想："看来他是放弃了吧。"于是也命司机掉头继续尾随，最终回到了涩谷的公寓神南庄。村越应该是意识到自己无法甩掉跟踪者，所以干脆回家了。

蓑浦刑警打发走了计程车，同往常一样走进离神南庄约半条街远的烟草店，在面朝大街的外间坐了下来。这儿能看到对面神南庄的入口，他一边和老板娘闲聊，一边监视了约莫一个小时。

村越原本打算乘车去哪里呢？那家伙的确流露出了不安，战战兢兢的。这绝不是一个光明磊落的男人该有的态度。刚才他定是在不安之余，想甩开我去什么地方。那家伙是体会过在刑警面前抢先出手的快感的。他定是想去私会什么人。或许他是想尽快通知那个人自己被警察缠上了，让其加强防备吧。那个人肯定没有电话，只能去当面告之。

说不定，村越想去见的人就是那个在歌舞伎座扮演他的家伙。不对，那个人是本人还是替身尚未确定，未免想象得有些过头了。不过，刚才如果不是这家伙先发制人往回返，或许就能知道那个人是谁了。如果这家伙想见的人果真是那个替身，那这可是惊人的收获啊。

要是这家伙从公寓后门偷偷溜出来，走哪边都四通八达的，仅凭我一人之力可看不住他。不过，恐怕他今晚也不会再出来了。我什么时候都能呼叫增援。而且他很清楚，我们也能监视后门。因此他今晚一定会很小心，不会出门。

比起今晚，我更担心明天白天。如果我是村越的话，一定会这么干。我会在上班时间偷偷溜出公司。那家公司同工厂在一处，有五六个出入口，只要确定其中一个没有跟踪者就能脱身。那家伙肯定会这么干的。

以上就是蓑浦刑警坐在烟草店里思考后得出的结论，并且他考虑到守在后门不管监视到什么时候都不会有结果，所以当晚直接撤退了。

接着，蓑浦用那一晚的工夫筹备好了一切，第二天一早便开始对赤羽的城北制药展开大规模的监视行动。是时候将他所说的"心理性跟踪"切换为"单纯跟踪"了。

他手下的五名刑警各自穿上便装，分头盯住了制药工厂的五个出入口。蓑浦自己没有化装，穿着平时穿的衣服在正门外徘徊。这是让对方放松警惕的策略。如果村越想摆脱跟踪者，那他首先就会窥探一直有人监视的正门外。这样一来，见蓑浦守在那里，他就会从其他出入口溜走。也就是说，这是让他以为自己能安全脱身的手段。

和老刑警预料的一模一样，村越从工厂最不显眼的一个出入口溜了出去，然后在大路上拦下一辆计程车，开到了日暮里一栋古怪的房屋那里，上二楼和谁谈了十分钟话，又急匆匆地回到了公司。负责监视那个出入口的便衣刑警顺利地完成了这次跟踪工作，将这件事汇报给了蓑浦警部补。

蓑浦听完，一种像是猎人发现猎物老巢时的喜悦涌上心头。如果对方甩掉跟踪者，采取这样的秘密行动，那警方这边就算大张旗鼓地展开搜查也没关系了。不用跟踪这种间接战术，直接把对方叫到警察局讯问，也不会受到非议说他们无视人权。他没再卖弄侦查技巧，就穿着平时穿的衣服，大摇大摆地乘车往日暮里那栋古怪的房屋去了。

奇怪的画家

在日暮里某片脏兮兮的区域有间摇摇欲坠的旧仓库,是用木头搭建而成的。说是仓库,其实不过是间小型建筑,横宽约莫只有五间那么长。这里是富士出版社存放退货书籍的场所。在仓库的顶棚处有间看起来很扎眼的小阁楼间,有个古怪的西洋画画家住在里面。他名叫赞岐丈吉,在出版社里有点儿关系,顺便也看守着这间仓库。蓑浦刑警在附近打听到这么些预备知识后,便前去拜访这位西洋画画家。

拐入仓库旁狭窄的甬道,打开矮小的仓库门,出现在眼前的是一段脏污的楼梯。

"你是谁?不打招呼就进来的家伙!"

楼梯上突然冒出来一个看上去很奇怪的人,厉声喝道。他面容瘦削,没刮干净的胡茬透出青黑色,头发也乱蓬蓬的,乱发中一双瞪得很大的眼睛露出凶光。

"你是赞岐丈吉吗?"

"是啊。你是谁?"

"我是警视厅的人。想向你了解一些情况……"

对方眨了几下眼睛,沉默了片刻,突然露出意味深长的微笑，说道：

"哦，是这样啊，那我真是失敬了。请上来吧。"他的语气变得客气起来。

蓑浦穿着鞋上了楼，在楼梯顶端的平台处脱鞋进屋。房间里的榻榻米都褪色成红褐色了，草芯也露了出来。约四叠半大的房间很局促，堆满了各色各样的旧家具，几乎连人坐的地方都没有，简直就是偏僻地区的旧家具店。这间房间是建在仓库顶棚下面的，像悬空的壁柜一样，感觉不怎么牢靠，也没有天花板，仓库顶棚的木桁架就这样露在外面。在甬道那一侧有扇窗户，紧闭的玻璃窗上胡乱贴着纸补丁。有光从窗外照进来，所以房间虽小却并不暗。不过，四周铺贴着木板的墙壁也好，榻榻米也好，成堆的旧家具也好，全都脏兮兮的，给人一种阴暗的感觉。

令人吃惊的是，在旧家具间有座同真人一般大小的石膏裸女立像，十分醒目。这尊石膏像有点儿脏，没有耳朵，手臂也断了，肩部和腰部伤痕累累，可以说，将它送到美术展上去展出，肯定是不达标的。它突兀地伫立在这个狭小的房间里，给人一种奇异的感觉。

在它旁边的大画架上，立着一幅还没画完的画布。这幅油画也完全看不出画的是什么，透着疯狂的气息，乍一看很是吓人。在这幅画的对面，还立着几幅大小不一的画布，重叠在一起。画风似乎全都一样，只让人觉得是将强烈的色彩胡乱涂抹在了上面。

画架旁有一座江户时期的木台座钟，已经坏掉了。还有一个没有壶盖的大壶，不知是做什么用的。旧报纸和旧杂志摞得像小山一样高。房间的两面木板墙上都装了长搁板，上面陈列着青铜色和白色的石膏胸像，有女人，有男人，也有少年，每个胸像都有缺损。刚想着会不会有明治时代的台式煤油灯，就见那儿立着一座老式摆钟。在这些物品中间，还摆放着一个假人模特，像是从哪儿捡来的似的，只剩下头和胸的部分了。这个假人的手和脚就在一旁，像捆柴似的捆在一起。真让人怀疑这是不是个疯子的房间。

"嗯，您请坐在那儿吧。没有坐垫，不过倒是有火。请坐在那个火盆边上吧。"

那是个脏污不堪、乌漆墨黑的木制方形火盆。火烧得很旺。画家将架在火撑子上的坑坑洼洼的铝制烧水壶拿下来放在榻榻米上，然后将火盆猛地推了过来。一双已烧焦的一次性筷子被当作火筷子用，插在了灰堆儿上。

蓑浦刑警在火盆边坐了下来，奇怪的画家坐在了火盆的另一边。他穿着磨破了的黑色灯芯绒裤和有破洞的褐色毛衣，上面架着一张胡子拉碴的长脸。年龄大约在三十岁。

"警视厅的人能有什么事来问我？"

他伸出瘦骨嶙峋的大手在火盆上烤火，用埋在胡茬里的眼睛瞪着蓑浦刑警，问道。

"这是我的职位。"

蓑浦刑警将印有头衔的名片递了过去。

"嗤，是警部补啊。警部补是相当了不起的人吧。"

他说的话好像瞧不起人似的，但似乎并没有存心挖苦。

"城北制药的村越君,你应该认识吧。"

蓑浦直截了当地抛出了村越的名字。于是回答的一方也非常坦率地说道:

"认识呀。他刚才还来过这儿呢。我们俩是好朋友。"

"你们早就认识吗?"

"对,自小学起就认识了,因为我们是同乡。那家伙蛮不错,我挺喜欢他的。"

他的反应十分泰然自若。这是他的本来面目还是在演戏呢?蓑浦无从判断。

"你的老家在哪儿?"

"哎呀,你不知道村越是哪里人吗?明明是警部补,竟连这些都不知道?太奇怪了。是静冈哟,静冈市附近的乡下。那家伙从小脑子就好使,他还当过年级委员呢。虽然我比他大,但我们在同一个班。他反倒像哥哥似的,现在依然如此呢。"

他的回答十分纯朴,没有半点儿漏洞,反而令这位老练的刑警产生了一种"这家伙很难缠啊"的感觉。蓑浦从兜里掏出那本日记,小心翼翼地用手指沾了点儿唾沫,翻到那一页给他看。

"那么,十一月三日,就是一个多月前的那个十一月三日,你在哪里?外出去过什么地方吗?"

"很难说,我是个流浪汉,每天都出去闲逛,在东京的街头流浪。我特别喜欢千住的废物市场。这个房间里的我的这些收藏品,大部分都是从千住的废物市场淘来的。怎么样,这样的景致也不赖吧？"

奇怪的画家讲起话来很是滔滔不绝，话题被他岔开了。在满是胡茬的脸中间，瞪大的双眼和一张"血盆大口"十分显眼。鲜红的嘴唇像螃蟹一样吐着小泡沫，喋喋不休地、不停地翕动着。蓑浦刑警目不转睛地看着他那张胡子拉碴的脸，脑海中浮现出村越的脸来。

像，的确很像。将胡子剃干净，再将头发像村越一样梳得服服帖帖的，穿上村越的衣服，要骗过一个眼神不好的老婆婆还是不成问题的。嗓音也很像。如果存心模仿的话，应该可以做到和村越一模一样吧。他们还是同乡，就连口音都相似。

"就是十一月三日那天。请回想一下，那天是文化节，与你息息相关。这么说的话你是不是能想起些什么？"

"文化节吗？没意思。文化节算什么，我原本就很讨厌文化这种东西。我喜欢的是野蛮人的健壮，也就是所谓的原始憧憬。我的画属于野兽派①，我描绘的是原始人的梦。因为原始人的创造力是惊人的。"

他又岔开了话题。

"十一月三日。"

"嗯，十一月三日嘛。但我不可能想起来啊，我不写日记之类的玩意儿，记性也不好，怎么也回忆不起来啊。那天

---

① 野兽派，也称野兽主义，是20世纪初在法国兴起的画派，强调根据画家的个性和主观感受自由地运用色彩。

天气怎么样？是个大晴天吗？"

"那天是晴天，还很暖和。"

"那我应该还是在千住那边吧。过了千住大桥，接着就是荒川溢洪道的那座长长的桥。我很喜欢那一带。不用说，那天我应该也去逛废物市场了。不过我不记得我买什么东西了。"

"那天傍晚的五点左右，你在哪儿？已经回到这儿了吗？"

"我也忘了。不过，要是五点的话，天还亮着呢吧。天还亮着的时候我是很少回家的，有时候我直到深夜才会回家，按照从千住经过吉原，再前往浅草的路线。"

怪画家赞岐丈吉鲜红的嘴唇不自然地弯曲着，嘲讽地笑了。接着，他保持着这个笑容，冷不丁地问道："警部补先生，你喝酒吗？"

"不，我虽然喝酒，但白天可不喝。"

"那就失敬了，我要喝点儿。因为这里是我家嘛，不是警察局。"

画家这样说着，站起来走到房间的角落里。那里放着一个旧得发黑的碗柜，估计也是从废物市场弄来的。他打开合页柜门，拿着威士忌酒瓶和饭碗走了过来。

"就喝一杯，怎么样？"

"不必了。"蓑浦摆摆手，坚定地拒绝道。

他在饭碗里斟满便宜的威士忌，鲜红的嘴唇发出吧唧吧唧的声音，津津有味地喝着。

如果这个男人不松口,就只能把附近问个遍了。假设十一月三日他在歌舞伎座当了替身,那当天他应该刮过胡子,头发也梳得整整齐齐的才对。他是在哪儿换的衣服呢?一定是村越来这里了,然后他们交换了衣服。等等,那时村越让这个男人穿着自己的衣服,那么他穿的是什么衣服呢?噢,对了。他穿戴的是鱼见崎茶叶店女招待和村子里的青年说见到过的深灰色外套和深灰色呢帽。他还戴了眼镜,贴了假胡子。

这么说,二人从这儿出去时,附近应该有人看到了假扮成村越的画家以及那名穿灰外套、戴灰呢帽的陌生男子。好嘞,一会儿就去打听打听看。肯定有目击者。

"十一月三日文化节那天到底出什么事了?难道说那天发生了杀人案吗?"

怪画家已经有些醉意了。

"十一月三日下午五点多,村越一个叫姬田的朋友被人从热海鱼见崎的悬崖上推下去,死了。"

"噢,姬田,听说了听说了,村越说的。原来是十一月三日那天啊。那么,是要确认我的不在场证明吗?哈哈哈,也就是说我是凶手喽?"

"你见过姬田吗?"

"没有。"

"那你没有杀人动机啊。并不是像你说的那样。实际上,警方是想确定村越君的不在场证明。如果说十一月三日村越君曾来过这儿,那就能成为他的不在场证明,不过,他应该没来吧?"

刑警试图让喝醉的画家掉进陷阱里。

"我记不清了。也许来了,也许没来。村越一个月只过来一次,我也只去他的公寓一两次。上个月的三号嘛,应该是没来过呢。月初他没过来。虽然对村越感到过意不去,但我无法提供他的不在场证明,因为我不能撒谎啊。我可是个老实人。"

"你喜欢看歌舞伎表演吗?"

蓑浦换了个话题。

"歌舞伎表演?倒也不讨厌,特别是元禄歌舞伎,我很喜欢。"

"那你应该也会去歌舞伎座喽?上个月三号那天,你去过歌舞伎座吧?"

蓑浦目不转睛地观察着对方的神色,但没发现任何变化。

"我很久都没去过歌舞伎座这种地方了。因为没钱嘛。我又不是狂热的爱好者,就算买站票也要去看。浅草比那儿强多了。浅草的女剑剧①可好看了,还有酢浆草座剧团,我都很喜欢。就是所谓的乡愁啦,怀念少年时代的那种乡愁。"

他又在打岔了。如果他是在说谎,那可真是丝毫不矫揉造作,说是天衣无缝都不为过。这家伙很有一套。还是说,他就是个表里如一的呆瓜呢?就连蓑浦这么老练的刑警几乎都要招架不住了。

---

① 女剑剧,以女演员为主角的武戏,日本大众戏剧的一种。

"你刚才说今天村越君来过,是上午来的吧?不过,他今天应该去公司上班呀。"

蓑浦又换了一种方式。要是这样都没反应的话,那就只有放弃了。

"是上午。他是搭汽车来的,待了十分钟就回去了。虽说是上班期间,但他说抽出这点儿时间没什么大碍,厕所上久些也要这么长时间呢。"

"哦?那么,想必是有相当着急的事吧,到底是什么事这么着急呢?能告诉我吗?不会不方便说吧。"

瞧啊,捉住狐狸尾巴了吧。这个问题可不是那么容易糊弄过去的。能让他从公司溜出来还乘车赶来的要事,可没几件。我看你怎么回答。你会怎么回答呢?

然而,对方一点儿都没慌张。他那鲜红的嘴唇又露出了嘲讽的笑容,并且伸手搔着那头沾满了白色头皮屑的乱发。

"太为难了,对警部补先生不太好开口呀。不过,我们也没做买卖,所以应该构不成犯罪吧。其实是为了这个。"

怪画家走到房间一隅的搁板下,从旧杂志后面摸出一个细长的纸卷。

"我真不想把这种东西拿给警察先生看,但我似乎被怀疑了,所以没办法。为了让你们弄清楚,村越和我都和杀人事件之类的毫无牵连,只能如此了。"

他一边嘟囔着,一边将纸卷放在破旧不堪的榻榻米上摊开给蓑浦看。原来那是一幅纯黑墨印的男女秘戏图。是大开本,有两张普通的锦绘合在一起那么大,在厚厚的日本纸上用纯黑色印着的木版画，图案古香古色。

"不知道警部补先生了不了解这玩意儿，这可是菱川师宣的作品呀，非常珍贵的。是从去世的画友那里买来的宝贝。一套本应有五幅，不过我只有这一幅。所以虽然会有些掉价，但卖个两万两还是不成问题的，有的买家甚至能出五万两的高价呢。如何？这肉体堪称完美吧？这可是初版哦，印得真是太好了，也没被虫蛀过。"

他眯起眼睛，鲜红的嘴唇露出一副垂涎欲滴的样子。

"我将它拿到村越的公寓给他看，然后就放在那儿了。大概是一个月前吧。但现在我手头缺钱，不得不将这幅画拿去典当。明天就要吃不上饭了，还拖欠着房租，我也是愁得没办法了。就因为这个，我昨天才给村越打电话让他赶紧把这幅画还给我的。怎么样，这是件要紧事没错吧？所以他才乘车赶来的啊。"

听毕，蓑浦刑警忽然感觉他说的或许是实话。要是谎言的话，也未免太滴水不漏了。再者说，假设这是事先预备好的托词，那村越与这个名叫赞岐的男子作为对手实在是太可怕了。蓑浦一时无从判断这番话的真假。这么一来，他那胡子拉碴的脸、露出凶光的双眼以及那张"血盆大口"，总有些令人感到毛骨悚然，甚至给人一种异样的压迫感。

接着，两个人又闲聊了一会儿，最终蓑浦没有任何收获，离开了怪画家的小阁楼间。出来后，蓑浦又去找了附近商家的老板娘，还拦住了几个在路边玩耍的孩子，询问他们十一月三日的事，但谁都没留意过画家外出的情况。蓑浦描述了一下村越的装束，想问问有没有人看到类似的人物走出仓库旁的甬道，他也描述了那身灰外套和灰呢帽。然而，由于甬道是人来人往穿行的通道，而这两身装束又没什么明显的特征，要找到对其有印象的目击者是难上加难。

除了继续跟踪村越别无他法了，蓑浦想道。他还想再找明智小五郎商议一下。不过，经过整整五天时间的跟踪，干劲十足地敲开对手的门，结果却是竹篮打水一场空。因此就连蓑浦这样的老刑警都难免有些心灰意冷，暂时中止了两天跟踪战术。不承想，就在这两天里竟发生了第二桩案件，村越君不知被什么人杀害了。

神南庄

尽管神南庄公寓距涩谷站不太远，但它周围都是大宅院，附近十分幽静。神南庄在建造之初本是住宅，是过去那种木结构西洋建筑风格，但经历了战争，一直到后来几经转手，已变得破旧不堪，同鬼屋别无二致了。现在的经营者将它买下后改造成了公寓，还增建了若干处，大致上修缮了一下外观。

尽管经历了改造，但这栋公寓依然保留着复古的、纯西式风格的味道，因此这里的住户都是这种风格的爱好者。特别是位于公寓角落的村越的房间，过去可能是被主人当作起居室使用的，因此就连房间内部都保持着原先那种西式风格。墙板的下半部分雕刻着花纹，褪色的花卉图案壁纸给人一种怀旧的感觉，窗户也是老式的向上推开的那种。在约十叠大的房间里只有三扇这样的小窗户，因此采光十分不好，但正是这种昏暗、静谧而协调的氛围，才符合村越的喜好。

十二月十三日夜里，村越从公司回到家后哪儿都没去，一直待在房间里，然后就被不知道什么人用手枪击中胸部，身亡了。

村越的隔壁住着名叫高桥的公司职员以及他的妻子，二人都很年轻。高桥夫妇同这个故事并没有什么重要的关联，但他们是神南庄杀人案件的第一发现者。

那天晚上，从八点四十分开始有音乐迷们翘首以待的收音机广播，首次播放刚从法国归国的小提琴家坂口十三郎的演奏。坂口在巴黎被誉为天才，其盛名早被日本各大报纸热烈地报道过，还举办了盛大的归国欢迎会。他在日比谷公会堂举办的第一场演奏会盛况空前，甚至到了一票难求的程度。这些报道占据了报纸的头版头条，坂口成为本年度演艺界最当红的明星。收音机可是首次播放这位红人的演奏，于是乎音乐迷们全都放下了手中的事，一早就守在收音机前了。

村越隔壁的高桥夫妇并不那么喜欢音乐，但也受到了轰动社会的舆论影响，不想错过这场演奏，焦急地等待着广播。他们一早就坐在收音机前，二人一边啜饮着妻子泡的咖啡，一边等待着那一刻的到来。

八点四十分，从广播中传来了悠扬的小提琴声。

即便是不怎么精通音乐的高桥夫妇，也不知不觉被吸引了，聚精会神地听入了迷。整座公寓犹如演奏会场一般鸦雀无声，只有琴声久久回荡着。不论哪个房间似乎都按下了收音机的开关，就连一丝杂音都听不到，这是大家没听别的广播，都在听坂口十三郎的证明。

沉浸在琴声中度过了二十分钟，直到最后一段旋律如同游丝般渐渐飘散。收音机里传来了九点的报时广播。几乎就在同一秒，从某处传来一声巨响。那不是收音机里的声音，听起来像是粗暴的摔门声，又像是大街上汽车爆胎的声音。不过，又让人感觉似乎都不是，伴随着某种令人心惊胆战的感觉。

高桥夫妇惊恐地对视了一眼。

丈夫关掉了收音机。

"怎么回事，真是可怕的声音啊。"

"是隔壁吧？好像是隔壁呢。"

他们家同村越家隔着一堵厚厚的墙，由于这时节天气寒冷，所以门窗都是关着的。虽然无法明确地分辨出声音是从哪里传来的，但夫妇俩都感觉像是隔壁。尽管他们都没听过手枪的声音，但心中却都浮现出一个可怕的疑问——刚才的声响不会是枪声吧？

"我们去看看。"

丈夫来到走廊上，敲了敲村越房间的门，无人应声，一片不同寻常的死寂。他试着拧了拧房间的门把手，打不开，是锁着的。从门缝里漏出些微弱的灯光，因此人理应没出门。刚才这个房间的确也传出了收音机的声音，在隔壁房间能感觉到。应该是把收音机关掉了吧，现在没发出任何声音了。是谁关掉了收音机呢？那个人不可能从房间里凭空消失啊。

他转身看了看蹑手蹑脚从后面跟上来的妻子，说道：

"好奇怪，我绕到院子里从窗户那儿看一眼吧。"

途中，他与一脸狐疑匆匆赶来的公寓管理员打了个照面。

"你没听见那个声音吗？"

他问管理员。

"那个声音是指哪个声音?我听收音机来着,所以……"

"广播结束,紧接着九点报时之后,隔壁房间传来了奇怪的声音。房门锁上了打不开。所以我想从院子这边看看窗子里。"

"是村越的房间呀。我这儿有那间屋子的备用钥匙。"

"可是,既然都走到这儿了,还是先看一眼窗子里吧。也可能什么事都没有呢。"

高桥夫人没出走廊,她的丈夫和管理员绕到院子里,走到了村越的房间外。

房间里亮着灯,二人如同做贼一般踮着脚走到窗边。窗帘是拉上的,但留了点儿缝隙。旁边正好放着一个木箱,高桥先踩了上去,透过窗帘的缝隙窥探屋内。

"怎么样?没人在吗?"

管理员在他身后低声问道。

高桥默不作声地招了招手,他的指尖异样地颤抖着。

管理员也单脚踩在木箱上,努力踮着脚。二人互相扶着对方的肩膀以防从木箱上摔下去,同时从窗帘的缝隙里目不转睛地窥视着屋内。

看了很久很久。

房间的一边用帘子做隔断,放了一张床。帘子拉开了一半,村越仰面倒在那里。

他还穿着上班时穿的西服,马甲敞着怀,衬衫被染成了血红色。定睛一看,他身下的地毯也被血浸得发黑了。

"是手枪。刚才那声巨响果然是枪声。"

尸体手边，有把黑色的小型手枪掉在地上。

"是自杀吗？"

想从外面打开窗户是不可能的，其他的窗户也都关得严严实实的，门也是从屋里反锁上的。找不到犯人逃跑的迹象。

"先用备用钥匙把门打开吧。不，还是先报警，打电话报警。"

被当作脚踏的木箱摇晃起来，二人险些摔了下去。高桥先让管理员站稳，然后推着他的后背，急匆匆地向通往走廊的入口处走了过去。

接着没过多久，神南庄的大门口就被近十辆汽车包围了。有管片警察局的，有警视厅搜查一科的，有司法鉴定科的，有白色车身的巡警车，还有各报社的车，等等。蓑浦警部补也接到了电话通知，得知死者是村越，从家中赶来加入了搜查一科的队伍。

用管理员的备用钥匙打开房间门，搜查一科、司法鉴定科的人进入了村越的房间。报社记者不允许进入案发现场，就混入公寓住户的人群中一起挤在走廊里。

首先由鉴定科的法医检查村越的尸体。手枪子弹贯穿了他的心脏，凶器就是掉落在尸体右手边的那把枪。那是一把德国制的瓦尔特小型手枪，在战前大量流入日本。

负责检查指纹的警员当场查验出手枪上的指纹并与死者的指纹进行了比对，由此得知，手枪上只有死者的指纹，并没留下第二个人的指纹。警方询问了管理员和公寓的邻居们，村越是否曾持有手枪，但谁也不清楚。后来才得知，村越并没被授予过持枪许可证。如果说这把枪是村越的,那肯定是通过非法途径弄到手的。

各种情况都表明村越是自杀的,手枪上的指纹也吻合。在案件发生前,村越的房间也不像来过访客的样子。起码管理员压根儿没见到有访客,隔壁的高桥夫妇也没听到有客人的声音。更能证明这一点的是,案件发生时村越房间的门窗全都从屋内锁得死死的,也就是说,形成了所谓的"密室"。假设有访客,他也不可能从缝里钻出这个房间吧。

村越的房间是约十叠大的纯西式风格房间,位于公寓楼一层最东端,房间的北边和东边面向后院,西边只有高桥夫妇一家,南边是走廊,房门只有一扇,就开在走廊这边。面向院子的北边与东边是厚厚的墙壁,北边开了一扇窗,东边开了两扇窗,是那种老款的西式窗户,向上推开的玻璃窗宽度很窄,因此即使是白天,房间里应该也很昏暗。

这间屋子除了三扇窗和一扇门,就再没有可供人进出的缝隙了。门上没有换气用的旋转窗,也没有带烟囱的老式壁炉。并且,门是从里面锁上的,钥匙还插在锁孔里。三扇窗户是从里面扣上的搭扣,也丝毫没发现有将玻璃卸下来再按原样嵌装回去的痕迹。也就是说,这完全是一间密室。

此外,从动机这一点来考虑,村越的自杀也并不突然。就他的情况而言,是有可能具备自杀动机的。蓑浦刑警很清楚这一点,搜查一科科长安井与另外两三名领导也听说了蓑浦的跟踪搜查。如果说村越就是将姬田吾郎推下热海悬崖的凶手,蓑浦刑警坚持不懈的跟踪战术对其而言就是一种折磨,最终导致他决定自杀，这也不是不可能。

　　枪上的指纹、密室、动机，首先就已经集齐了判定为自杀的要素。尽管如此，蓑浦刑警与几位搜查科领导仍在犹豫，没有将其断定为自杀。一个原因是没有遗书。警方将村越的房间搜了个底朝天，但没发现任何像是遗书的物品。除了日记，村越还写了备忘录之类的东西，但里面也没发现任何类似于遗书的记录。像村越这种情形的自杀者，不留下坦白罪行的遗书这一点十分违背常理。警方认为他有可能将忏悔书寄给某个朋友了，但直到后来也没发现这样的东西。

　　还有一个原因是，几名搜查官在踏入房间的同时注意到的异常状况。那是一根看起来像是鹅毛的纯白色羽毛，就夹在死者西服马甲胸前的开襟里。并且白色羽毛约有三分之一的部分已被血浸湿，染成鲜红色了。而这样的情景只能让人想到，这是在村越死后，有什么人将它夹进他衣服里的。这根羽毛同姬田吾郎在离奇死亡之前曾收到过两次的白色羽毛一模一样。警方一开始也曾考虑过这是不是秘密结社的暗杀预告——"白羽箭"，但由于在后面的搜查线上完全没出现同秘密结社有关联的线索，所以只能将其解释为是凶手奇怪的恶作剧。如果村越是凶手，那就可以推断，白色羽毛是村越寄给姬田的。然而，现在相同的羽毛被放在了村越胸前。并且，假设村越不是凶手，相反他也是被害者，那这根羽毛的寄送者从一开始就不是村越，而是别的犯人。这样一来就产生了一种新的见解，姬田与村越都是被另外一个凶手杀害的。

总之，基于没有遗书且白色羽毛被放在死者胸前这两点来判断，警方无法将村越的离奇死亡想成是单纯的自杀。

因曾被盯梢的村越死于非命，蓑浦刑警的搜查方针一时受挫，十分沮丧。但他立即想到，如果村越不是凶手，那就必须立刻开始搜查别的犯人。

由于这次的死亡案件发生在东京市内，因此搜查一科出动了大部分警力来调查这起案件。实际上主管搜查的是蓑浦警部补的上司——担任股长一职的花田警部，不过，在姬田、村越一案中，蓑浦刑警是最了解案情的人，所以大家伙都很重视他的意见，并且在搜查活动中，他也是负责最重要的那部分工作的，这一点毋庸赘言。

村越横死一案的第一道难关是"密室"。如果这间密室没有任何障眼法是不容动摇的事实，那警方就没有余地怀疑这起案件是他杀。但现代没有一名警官会单纯地相信什么"密室"。遇到密室的情况，首先就要考虑是不是障眼法，这已经成为一种常识了。在现实的犯罪中极少出现"密室"这种东西，但全世界的侦探小说家研究出的构成密室的诡计多达一百种，各不相同。现代的警官受到其直接或间接的启发，对密室抱有怀疑已经成为他们的常识。因此，负责村越横死一案的搜查官们也无视了密室的存在，以他杀的设定为基础持续搜查。

将这个案件定性为犯罪的搜查，除了村越在公司的同事关系和公寓的住户以外，他的好友名单也成了出发点。不用说，其中也包括了大河原家的人。

不过，蓑浦刑警第一时间就想到了村越那个奇怪的朋友——怪画家赞岐丈吉。他想立刻就去调查一番，看看画家的动向。他又想到，如遇特殊情况，向警视厅请求支援一同前往也无妨。可就在村越横死的第二天，也就是十二月十四日上午，他去日暮里探访怪画家的小阁楼间时，发现怪人赞岐丈吉不在家。他又在附近打听了一圈，画家似乎在前天——也就是十二日外出后就再没回来过。"那家伙果然是凶手？"蓑浦先是这样激动了一下，但仔细一想，却完全想不出他的作案动机。单凭他是村越的童年伙伴这一点，他就不可能站在杀害村越的立场上。

接下来到第二天十五号，怪画家始终行踪不明。直到十五号早晨，有人在距千住大桥约一公里远的隅田川下游处发现了他溺亡的尸体。警方一再搜查也没能查出他的自杀动机。在赞岐的尸体上并没找到那根白色羽毛，但警方十分怀疑这也是同一名犯人干的，属于他杀案件。

蓑浦刑警见曾被自己盯梢的人物接连遇害，不由得感到一种不同寻常的恐惧。这说明犯人一直在不间断地监视着他们。而且在自己眼看就要抓住嫌疑人的那一瞬间，真正的犯人就将其杀害了。鱼见崎坠崖死亡案件乍一看是个寻常的案子，但现在突然变成了残暴杀人魔所犯下的凶案。蓑浦感到，嗜血恶魔的气息正一步步向自己身边逼近。

明智小五郎

转天到了十六号夜里，与原侯爵大河原相识的侦探小说家江户川乱步向其府上打了一通电话。大河原氏恰好外出归来，亲自接听了电话。江户川是这样拜托的："我的好友明智小五郎想同您见一面，聊聊姬田和村越的案件。您可否赏光？"大河原氏早就想见见这位大名鼎鼎的私家侦探了，因此立刻应下。

当晚七时许，明智小五郎前来拜访。大河原氏将他请进了西式建筑区的书房，两人相对而坐。

"如果您不介意的话，我想请我妻子与我的秘书庄司陪同。听说庄司与您十分亲近，我想他应该也想同您见一面。"

二人寒暄过后，大河原氏开口这样说道。当然，明智小五郎也没有异议。不多时，那两个人也走进书房，四人围坐在一张大圆桌旁。

大河原氏和由美子夫人都是初次同明智会面，因此二人都好奇地打量着他的风采。明智身材瘦高，穿着他平日里穿的黑色双排扣西服。他靠在扶手椅上，二郎腿向前翘着，看起来十分修长。他的脸型瘦长且棱角分明，鼻梁高挺，多少有些下兜齿，嘴唇紧闭，双眼皮大眼睛，显得很温和，一头花白的乱发，年轻得不像是五十多岁的人，本人比照片更平易近人。

见状，庄司武彦猛地想起《亚森罗宾故事集》里的一个标题——"巨人对怪人"。毋庸置疑，原侯爵大河原的外貌与内在都是巨人，明智不是怪人，身上也有巨人的影子。"那就是巨人对巨人了"，武彦心想，他兴致勃勃地看着二人交谈。

武彦同由美子夫人自那天起一直保持着秘密关系，两人一天比一天更亲密。因此，每当面对主人时武彦都会感到内疚，这一点自不必说，但这份罪恶感还没达到无法忍受的程度。就连武彦自己都怀疑自己患有伦理缺失症并因此而感到恐惧，但相应地，他也有绝对的自信，不做出使主人察觉的举动。由美子比他还坦然，以至于令他感到害怕，女人竟如此善于表演吗？由美子夫人身为名门闺秀，却很擅长情欲之事，对此他的惊异不亚于进入了一个未知的新世界，被她的魅力迷得晕头转向。

"您应该知道名叫赞岐丈吉的画家的死亡事件吧？"

明智单刀直入地问道。

"不，不知道。他和姬田、村越有关系吗？"

就在两天前，大河原氏刚接待过警视厅花田警部的来访，但那时他完全没听说赞岐丈吉的事。

"和姬田君似乎没什么关系，不过他和村越君是好朋友。我也没见过那个画家，但警视厅一位叫襄浦的刑警向我详细地介绍了他的情况。"

明智从蓑浦跟踪村越讲起,一直讲到他探访赞岐的小阁楼间,扼要地叙述了一下事件梗概。

"那个画家外出失踪发生在村越君横死的前一天,也就是十二号。由于他一直没回家,警方甚至都已经准备通缉他了。然而就在昨天早上,有人在千住大桥的下游发现了那个画家的浮尸,是淹死的,就在距千住大桥约一公里的下游河湾处。从上游冲下来的垃圾总是堆积在那个河湾处,赞岐丈吉的尸体被那些垃圾覆盖着,漂在水面上。死因是溺亡。既无外伤,也没从内脏检验出有毒物质,根据验尸结果推断,他应该死于外出的那天,也就是十二号当晚溺死的。"

"也有他杀的可能性吗?"

"如果村越君一案是他杀,我认为这个画家也应考虑是他杀。毕竟他们二人的关系那么密切。"

"这么说,您接受村越是他杀这一假说了?"

"我认为是他杀。警视厅方面也这样认为。"

大河原氏与明智二人间展开了问答,由美子夫人和武彦插不上话,只能充当听众。

"那是前天晚上,警视厅的花田警部前来拜访,就村越一案对我进行了相当详细的询问。假设是他杀的话,那就必须要解开密室之谜。不过花田警部说警视厅方面还没有头绪……"

喜爱侦探小说的原侯爵似乎对此类话题甚是感兴趣。他悠闲地靠在扶手椅上,时不时从桌上的银质容器中拈一支香烟，啪的一声用打火机点燃。明智烟瘾也很大，但大河原氏更是个烟鬼，抽烟抽得很凶。大圆桌上空烟雾缭绕。

"案件发生的第二天，我从蓑浦刑警那里听说了情况，拜托他让我查看了现场，并且解开了这个谜。现在搜查一科科长和花田警部应该都已经知道了。"

明智一点儿都没有装模作样。

"哈哈，密室之谜解开了啊。究竟是怎么一回事呢……"

"我听说您是侦探小说迷，也是犯罪史的行家。因此，有关密室的诡计，我想您知道的应该不比我们少。通常情况下，犯人有计划地制造密室时，犯罪的秘密往往就藏在密室中。也就是说，只要解开'密室'之谜，基本上就能立刻锁定犯人了。在大多数情况下，重点就在于'密室'本身。如果不制造出'密室'，犯人就无法隐藏自己，所以制造密室只不过是下下策。然而，这次村越君的案件却有所不同，并不是只要解开'密室'的谜团，就能简单地锁定犯人的那种犯罪。"

由美子夫人与武彦全神贯注地注视着明智和颜悦色的面庞，听得入了迷。二人眼底的欲念似乎暂时消退了。

"钥匙就插在房门内侧的锁眼上，不将它推出锁眼，又要用备用钥匙从外面把门锁上是不可能办到的。还有一种方法，是用小镊子之类的工具从门外夹住门内的钥匙转动，但这样做会在钥匙顶端留下轻微的痕迹，而这次根本没发现这样的痕迹。再有就是用针、线、小镊子做成的机关了，这种手段您是知道的。然而这样做门下必须有缝隙，但那个房间的门下又没有这样的缝隙，因为门槛高出来一些，门下方和门槛贴得紧紧的，严丝合缝。只有细线的话倒是能通过，但要转动钥匙还需要卡在钥匙小孔里的金属棒、小镊子等物件，这些都是不可能通过门下的缝隙拉出来的。也就是说，那间'密室'不是在门上动了手脚制造出来的，这一点十分明确。"

大河原氏听到这里，笑眯眯地插话道：

"在小说里还有其他手段呢。将合页的螺丝拧下来，卸掉整个房门，然后再按原样装回去。哈哈哈……现实中没有哪个家伙会干这种蠢事吧……"

"不过嘛，站在侦探的立场上，我必须确认所有的可能性。您说的这个方法我也查验了。那扇门合页的黄铜螺丝上，并没有刚用螺丝刀拧过的痕迹，一点儿都没有。这点儿小事花个几秒钟就能查清楚，我身为侦探，还是会大致关注一下的。"

"那么，还有窗户呢？"

明智没有立刻回答这个问题。他一面吞云吐雾，一面平静地望着大河原氏白净的胖脸。大河原氏也笑着望向他。有那么十几二十秒的工夫，谁也没说话。武彦总觉得怪别扭的，但他也不明白究竟是哪里不对劲。

"我已确认过，除窗户外再无其他秘密出口了。诚如阁下所言，问题正是出在了窗户上。村越君房间的三扇窗户全都是向上推的那种老款的西式窗户，竖着的两扇玻璃能来回滑动，将内侧玻璃推上去，下半部分就打开了，将外侧玻璃拉下来，上半部分就打开了，窗口能打开的部分十分狭窄。在东侧较长的墙壁上有两扇窗，在北侧较短的墙壁上有一扇窗。

"窗玻璃上连一个被打碎的洞之类的都没有，也丝毫没有从外面将一片玻璃取下再按原样安回去、涂上油灰的痕迹。不过，我仔细检查过后，发现北侧窗户下方的玻璃窗右上角有个极细的缝隙。"

说到这儿，明智请武彦拿来纸和铅笔放在桌上，一边画图一边继续往下说明。

"由于这是老式窗户，所以窗外的油灰偶有剥落之处，而这扇窗右上角的缝隙正是由于油灰剥落而形成的。就在这片玻璃的一角，有个极细微的缺口，小到如果涂上油灰就看不见了的程度。因此，从屋内向外看时几乎很难注意到，不过要是从屋外把眼睛贴近些看，就会发现那一角有个两三毫米的小缺口，呈三角形。犯人就是利用这仅有的小缺口作的案。"

被即将解开的谜题所带来的悬念所吸引，三人的脑袋在明智画的草图上越靠越近。三人中，大河原氏从肺部发出的粗重的呼吸声听起来最为明显。

"这种上推窗的搭扣是这样的：在上窗最下方的窗框上装有半月形配件，它会扣在下窗最上方的窗框上的配件上。从上方看的话就是这种状态。"

明智画出了上述配件的草图（第一幅图）。

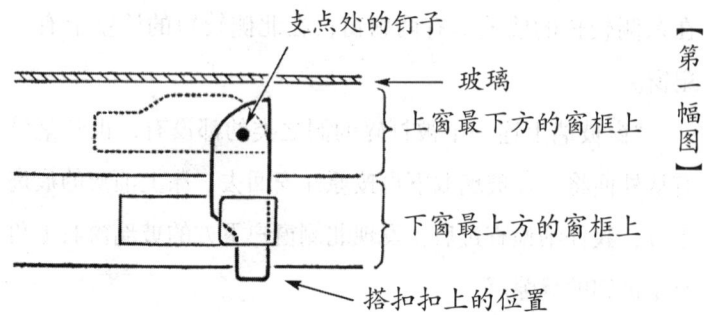

【第一幅图】

"说到这儿你们应该明白了。犯人只不过是将原本用于门下缝隙处的机关，用在了窗户上。他用细铜丝在这个半月形配件的一端缠了两圈，将铜丝的另一头从下窗右上角的玻璃小缺口那里穿了过去，垂在窗外。之所以使用铜丝，是因为铜丝柔韧性好，能随意变化形状。完成这步后，犯人就从屋内打开下窗，跳了出去。这时随着窗户被推上去，铜丝也被夹在窗户间拉扯，但只要动作小心些，就不必担心会把缠在半月形配件上的那头扯掉。铜丝通过玻璃缺口垂在外面的那一头是能随意活动的，因此就算把窗户推上去，也不会产生很强的力量扯动半月形配件。接着，跳出窗外的犯人再从外面将下窗紧紧关上，并慢慢拉出从玻璃缺口伸到外面来的那根铜丝。在铜丝绷紧的那一瞬间猛地拽一下，搭扣就落锁了，再使劲拽一下，缠在半月形配件上的铜丝就会松开，这时就能将整根铜丝从缺口处拉出来了。就像这第二幅图里画的一样。"

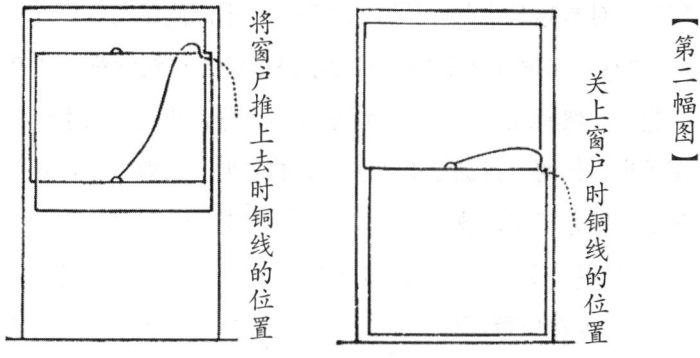

【第二幅图】

这时,一直一语未发的武彦插了一句嘴,问道:

"为什么认定是铜丝呢?像钓鱼线一样韧性很强的线应该也可以吧。"

"是的,不过在这起案件中用的就是铜丝。因为配件顶端发亮,像被什么使劲儿擦过一样,于是我便把这部分刮下来一点儿请人做了化验,发现了铜的成分。因此我判定,这起案件中使用的是铜丝。"

于是,大河原氏像是好不容易等到了机会似的,展示起自己的学问来。

"在江户川乱步君的诡计表里,有一个这样的案例呢。那个机关是提前用手枪在玻璃上打一个洞,然后将系在搭扣上的绳子从那个洞里拉出来。没错,我记得是在卡尔的长篇小说里。将读者的注意力都吸引到手枪上,让他们以为是在枪响时发生的杀人案,但实际上,这只不过是构成密室的一种手段。作家就是想营造这种出人意料的氛围。"

"您竟然如此精通侦探小说,真令我感到吃惊。那么,您应该对本起案件有自己的见解吧？扶手椅侦探先生？"

"不，这我可办不到。因为小说里已经把线索都汇集在一起了，然而现实中的案件线索却不充分，我这个扶手椅侦探难当大任啊。我倒是更想听听您的高见。目前，在村越一案中，警方正就村越的人际关系进行调查呢吧？"

"没错。采取正面进攻的方式。"

"前天花田警部好像也是为此而来。换句话说，就是要调查我们的不在场证明嘛。明智先生，您从花田君那儿听说调查结果了吗？"

"蓑浦君转告我了。"

明智清楚地记得，十二月十三日那天的情况是这样的：大河原氏于傍晚五点从公司回到家里，随即泡了个澡，同由美子夫人一起用过晚膳后，大约七点开始就待在书房里看书。中间夫人曾进书房送过一次红茶和点心，之后一直到八点四十分坂口十三郎的小提琴广播开始为止，他没走出过书房一步。那天晚上难得一个客人都没来。夫人这边则是在送完茶点后，一直待在位于西式建筑尽头的自己的房间里，写了写信什么的消磨时间。

大河原氏同夫人有约在先，要一起听坂口的小提琴广播，因此一到八点四十分他就放下书，来到了客厅。因为大河原家的收音机是放在客厅展示柜里的。夫人与庄司武彦已经在客厅了。武彦也说了想听坂口的演奏，因此大河原氏让他一同来听。将房间的灯光调暗后，三人一动不动地听完了小提琴广播。三人分别做了保证，听广播期间谁也没出客厅。

坂口的小提琴演奏结束后，紧接着就是九点钟的报时。这时大河原氏关掉了收音机，因为不想收听其他节目了。大河原氏习惯早睡，九点已是他就寝的时间了。于是，大河原氏夫妇就回卧室了，而武彦也回到了自己的房间。

这完全是份无懈可击的不在场证明。由于村越是在九点的报时后立刻被手枪击中的，而大河原家也同样听到了九点的报时，因此从物理学的角度上来说，他们不可能只用十几二十秒就出现在村越的公寓中。

"其实完全没必要调查你们的不在场证明，不过这样做似乎是警方的惯例，为了确保搜查万无一失。我想花田君也是出于这层意思才登门拜访的。"

明智为警部辩解了几句，于是大河原氏幅度很大地左右摆了摆手，说道：

"当然，我也没觉得自己受到怀疑了。不过，常出入我家的姬田和村越接连遭此毒手，这样看来，先调查我们也并非没有道理。所以我尽可能详细地向花田警部陈述了那晚的不在场证明……说起来，其他方面是什么情况呢？嫌犯仍没浮出水面吗？"

"警方好像正在彻查村越君的人际关系。不过，直到今天中午我询问蓑浦君时，都尚未找到任何线索。排在首位的一点是，警方完全没搞清楚这一系列案件的犯罪动机是什么。"

"正是如此。姬田、村越，还有您刚才说的村越的朋友——那个画家，如果这三人的横死出自同一犯人之手，那共同点究竟在哪儿呢？我想，如果知道共同的动机，那么自然就能锁定犯人了……"

"是的，这也正是我们的疑问。当下姬田君与村越君案件的共同点就只有那根白色羽毛。还有那个叫作赞岐的画家，据说他同村越之间似乎还有什么秘密关系，仅此而已。除此之外，就只有一些零星的线索了。所以我实际上很想听听您的见解。姬田君也好，村越君也好，过去都曾不断地出入这里，受您关照，我想您应该很了解他们二人的性格。从这个角度出发，没准您会有些独到的见解，我想听一听当作参考。"

明智说完这些话，笑眯眯地看着大河原氏的脸。大河原氏闭目沉思了一会儿，有些漫不经心地开口道：

"他们俩性格正相反。姬田健谈而开朗，说起来还有些偏女性化。村越则沉默寡言，爱动脑子，实际上比起在公司里工作，或许他更适合做个学者？总之他有很深沉的一面。不过，他们俩都是出色的人才。学校的毕业成绩十分优秀，也很能胜任公司的工作。常与我家来往的青年中，就数他们二人最得我心。就我个人而言，失去他们二人是十分寂寞的。真是太可惜了。

"我压根就想象不到，如此优秀的两个人竟会成为杀人案件的受害者。据花田警部说，警方曾怀疑那根白色羽毛是秘密结社之类的警告标记，但我毫无这方面的线索。他们俩都不是那种会和危险团体扯上关系的性格。

"再说金钱方面的动机，我也想不出来。姬田同村越都刚工作不久，应该也没有什么巨额财产，凶手除掉他们后也不可能在物质方面获得巨大利益。这样一来，就只剩恋爱关系了。我认为可以推测，这是出于恋爱纠纷的怨恨而导致的杀人案。他们俩都是单身，不能说这种事情没有可能。警方似乎也曾怀疑过吧？是村越出于恋爱方面的原因杀害了姬田。我从花田警部那里听说了警视厅的人曾持续跟踪村越的事情……"

"跟踪他的人就是刚才我所说的名叫蓑浦的警部补，那位蓑浦君执着地对他进行了跟踪。当然，蓑浦君当时将村越视为姬田一案的嫌犯。"

"然而村越并不是凶手，他也变成受害者了。由于白色羽毛的出现，我们不得不认为，村越也是被杀害姬田的凶手杀死的。要是这样的话，就离因爱生恨的犯罪动机越来越远了，不是吗？"

"这可不能断言。如果有这样一个人，对姬田和村越都怀恨在心，那还是存在恋爱方面的犯罪动机的。"

说到这里，明智的脸上划过一丝奇妙的戏谑般的表情，转瞬即逝。于是，大河原氏白净的胖脸上也浮现出了某种嘲弄般的冷笑。虽然这些变化都在一瞬间，但武彦将二人的表情尽收眼底。不知为何，他不由得打了个寒战。

"这么说，刚才说的那个画家，叫什么来着，扮演的又是什么角色呢？您说过，那个画家不是村越的情敌，而是他的伙伴。"

"那个叫赞岐丈吉的年轻画家，他是个极为古怪的男人，住在日暮里一个仓库中的小阁楼间里。他有个癖好，每天都去千住的废物市场闲逛。淹死在千住大桥边这件事也不难想象，应该是因为他深夜在那一带游荡的缘故吧。因为千住大桥上下游的水泥河岸有许多陡峭的地方，道路与河流之间也没有围栏什么的，水泥壁比地面要高出二尺多。再加上那附近净是大型工厂，一到晚上就完全没有行人来往，有人将他神不知鬼不觉地从河岸推下去，也不是没可能。要是他不会游泳，应该就直接淹死了吧，因为在陡峭的水泥河岸边没有任何可供人抓住的东西。蓑浦刑警打听了一大圈，调查赞岐丈吉会不会游泳，然后确定了他完全是个旱鸭子这件事。我想，犯人应该也很清楚这一点吧。"

大河原氏丰满的面颊上又浮现出了那种嘲弄般的微笑，说道：

"推进河里……十分简单的手段嘛。和村越那时的密室相比，我总觉得不是出自同一犯人之手呢。那个画家并非被推下去的，而是自己不小心掉下去的，没有这种可能吗？"

"没有确凿的证据证明是他杀。不过，赞岐与村越君之间有某种秘密关系，而他又几乎与村越君在同一时间遭遇不测，因此我们不得不将此案考虑为他杀。此外，这个名叫赞岐的男子身上还有许多古怪之处。"

"噢……古怪之处是指？"

大河原氏的眼睛看上去闪闪发光，不知是因为好奇心还是因为什么其他的原因。

"我请蓑浦君带我去那间仓库的小阁楼间里看了一眼。

那是间脏兮兮的小屋，堆满了破烂儿，应该是他从千住的废物市场买来收藏的吧。有坏掉的石膏像、坏掉的旧钟表、煤油灯等等。杂七杂八的旧物件胡乱摆放在房间里。

"其中还混了件古怪的玩意儿，一个坏掉的假人模特，就是那种摆在商店橱窗里和真人一样大的假人。不过，毫无美术价值的假人模特为何会掺杂在这堆收藏品中呢？这份不协调引起了我的注意，于是我便将它从头到脚细细查看了一番。"

明智的话音戛然而止。他唰的一声划了根火柴，缓缓点燃一支新的香烟，那一瞬间，火光在他脸上投下了奇异的光影。

"假人从胸部往上到脑袋是一体的，胳膊是另安上去的。类似于胸像的那部分和石膏制的美术品胸像一起堆放在架子上，是个梳着整齐的小分头的男假人模特。当然不是新品，假人缺鼻子少耳朵，浑身上下的涂料都脱落了，露出白胡粉①底色。这个假人是这样制成的：将草纸之类的纤维一层一层地贴在模具中，待其干硬后去掉模具，底胚就完成了，然后在底胚上涂上厚厚一层白胡粉，最后还要涂上一层具有光泽的彩色涂料。但这个假人又脏又破，连白胡粉都露出来了，更别提什么涂料了。

"它旁边堆放着它的两条胳膊和两条腿，倘若凑齐腰腹

---

① 白胡粉，将濑户内海产密鳞牡蛎壳研碎精制的日本独特的白色绘画颜料。

部就能拼成一个完整的假人了，但我没找到腰腹部。不过，假人这种东西，通常腰腹部和两条腿是一体的。而赞岐屋里的两条腿是从本为一体的下半身切下来的，大概是从膝盖再往上一点儿的位置切的。两条腿是中空的，圆形切口露在外面，脏兮兮的。

"假人腿和胳膊的涂料也有许多处都脱落了，简直像是从垃圾场里拽出来的一般又脏又破。但奇怪的是，在腿的切口周围有一圈小孔，似乎是用锥子扎出来的。两条腿上也有。还有，像是为了和腿对称似的，假人胸像的胸部下方也有一圈小孔。看起来似乎是将胸像和两条腿用细绳或铁丝拴在一起后留下的痕迹。胸像的肩部和两条胳膊的根部没有这么多小孔，但分别有两个大一点儿的洞，看起来像是穿了绳子将肩部和胳膊连在一起的痕迹。"

这番话着实是细致入微，明智为何要在这种没有意义的事情上喋喋不休呢？武彦深感怀疑。

"当然了，假人是不可能从一开始就有这些小孔的，肯定是某个人出于某种需要才扎出来的。如果这个假人是赞岐从废物市场买来的，那么这些小孔是在买之前就有，还是在买之后扎上的呢？我认真思考了一番。我想，无论癖好多么奇怪的怪人，将这种扎了眼的假人买回家做装饰，都是咄咄怪事。那么，这些小孔是在买来后扎上的，这样考虑才更切合实际吧。"

说到这儿，明智再次止住了话茬，一边微笑一边扫视三人的表情，似乎有什么深意。

大河原氏与由美子夫人沉醉于明智奇妙的叙述中，一瞬不瞬地盯着他的脸。夫人自刚才起就一语未发，但她似乎对明智这个人异常感兴趣，处于亢奋状态中。武彦听着明智不可思议的描述，看着大河原氏夫妇的表情，心情逐渐变得奇怪起来，笔墨难以形容。今夜的谈话氛围有种不同寻常的意味。武彦感到在看似平静的谈话深处隐藏着某种可怕的真实用意，如同利刃般的斗志若隐若现……明智接着说道：

"关于赞岐，我还想到了一种可能性。他一直出入于千住的废物市场，而废物市场内有黑市存在，在那种地方一定有非法掮客活动。那个怪画家是不是还从掮客手里买了其他的东西呢？比如说德国制的瓦尔特小型手枪之类的。还有，他是不是在那里卖掉了什么东西呢？比如说乔装打扮用的衣服啦，外套啦，皮包啦，诸如此类的物件。听完我的猜想后，蓑浦刑警立刻赶往了千住的废物市场，并打算将赞岐丈吉的行动彻查一遍。在此请容我透露些真实的案情，实际上，警方刚刚查明了手枪的来源，果真是黑市掮客卖给赞岐的。那名掮客现已被逮捕，虽然其他的状况尚未查清，但我对这次针对废物市场的搜查还抱有一个更大的期待。

"村越君曾在遇害的前两天，也就是十一号，溜出公司去日暮里找赞岐，同他说了十分钟话就回公司了。蓑浦刑警是知道这件事的，因此便在同一天内突袭检查了赞岐的小阁楼间，盘问他村越因何而来。于是赞岐拿出了菱川师宣的版画为村越辩解，说自己急需这幅画，于是村越才溜出公司来送画。不过，这当然只是托词罢了，实际上，赞岐是受村越所托在废物市场买了手枪,然后趁那个时机把枪交给村越,这一点我十分确信。

"那么,村越君又是为何必须弄到一把手枪呢?我对此产生了巨大的疑惑。他可是被那把手枪杀害的啊。所以我想,那把手枪并不是村越君出于自己的意愿购买的,而是被某个人拜托,他才违心地通过赞岐弄到手的。他在购买这把枪时,并不知道自己会被它杀死。那么,拜托村越购买这把手枪的人恐怕就是凶手了。凶手用被害者准备好的手枪杀害了他。也就是说,凶手下定决心要杀害村越后,第一件事就是让他买下一把手枪,然后将其作为凶器。这是多么狡猾的设想啊!"

明智的笑意早已消失,他紧绷着脸,脸色似乎有些苍白,双眼闪着异样的光。

由美子的秘密

接下来，明智没再说和案情有关的话，他保持着笑眯眯的表情和大河原氏闲聊了几句，说的都是些无关紧要的事。之后他和大河原氏约好改日再登门拜访，随后就离开了。

明智走后，大河原氏和由美子夫人没发表任何关于他的评论。议论明智这件事似乎成了两人之间的禁忌。因此，庄司武彦只得独自冥思苦想。明智侦探今晚究竟是因何而来的呢？武彦怎么也想不明白他的用意。听他的意思，密室之谜已经解开，也查清了怪画家赞岐丈吉离奇死亡的原委，但我们三人只是单方面听了他的报告，并没提供任何可供他参考的线索啊。连他自己都没表现出想听的意思。那么，今晚他是为了向我们报告搜查进展，才特意前来拜访的吗？怎么想也不会是这样，这其中必有蹊跷，并且他一定是在有所收获后才离开的。虽说武彦对明智并非了如指掌，但他十分清楚明智的性格，如果没有目的他是不会登门的，更不会徒劳而返。大河原氏夫妇在明智走后一直保持沉默，这一点也很反常，他们应该也有所怀疑，感到了某种可怕的气息，所以才会这样的吧。

武彦听大河原氏同明智谈话时，总有种异样的感觉，尽管他也说不清是哪里奇怪，怎么个奇怪法。他感到在自己心中的角落里浮现出了一小团乌云，正一点点扩大。他想起在姬田从热海的悬崖上坠亡后的第二天，他同大河原氏两个人去查看现场时的情景。当他趴在那棵松树下伸出悬崖的岩石上，窥探着深不可测，甚至令人感到头晕目眩的海面时，大河原氏一边说"真不费什么事，只要像这样把腿往上抬就可以了"，一边开玩笑似的要把他的腿抬起来。尽管当时他吓了一大跳，赶忙爬了起来，但直到现在，大河原氏的语气和动作仍历历在目。虽然这件事同明智的来访毫无关联，但武彦的潜意识将二者联系在一起，唤醒了他对于这件事的记忆。

接下来的几天，这位白白净净的圆脸贵族毫无缘由地变得阴郁起来。他似乎在心里盘算着什么不愿让人察觉的事，他内心深处不为人知的人格变得愈发狰狞。他给武彦的感觉就像恐怖故事一样，越想越可怕。当然，武彦的这种心情还有别的原因，那就是他与由美子夫人从未间断的偷情所带来的愧疚感。在这样的情形下，明智的来访更是给武彦心头增添了一层异样的恐惧。

自浴室那件事发生刚过了十余日，在此期间，大河原氏有三天晚回家的时候，这三天武彦都同夫人见了面。每次见面，由美子都比上一次更疯狂，武彦吃惊于情欲这件事竟能令人如此神魂颠倒。白日里的名门贵女与闺房中的她简直判若两人。

"你不害怕先生吗？"

有一次，在狂乱之后恢复平静时，武彦不怀好意地问她。他总是称呼主人大河原氏为先生。"可能你害怕他吧，我不害怕。因为先生爱我胜过于爱他自己。我们之间的爱情可不是普通夫妻间的感情，要更特别、更强烈一些。是能包容一切，牺牲自己、成就对方的爱情。只有我明白这一点。但我也不想伤了先生的心，你明白吗？你应该明白的。"

她一边说着这样的话，一边紧紧缠绕着武彦，吮吸着他的嘴唇。武彦觉得自己仿佛在听异国的语言，她的意思似乎是"就算丈夫知道了我也不怕，我同丈夫之间的爱能超越一切"，但武彦不理解这种理论。同时，失望吞噬了他，他感到"原来我不过是发泄情欲的工具罢了"。

"我想独占你。不想和别人一起分享你。"

在某个瞬间，他终于小声地说出了这句话，但他自己并没打算将这份心情转变为现实。想要独占夫人，只有选择"私奔"这条路，但武彦不认为这样做行得通。这句话只不过是他在激情澎湃时，将脱离现实环境的欲求说出口罢了。由美子没做出任何回应，或许她明白，他只是说说而已。

尽管如此，随着对她的爱欲越来越高涨，武彦渴望独占她的心，也就是嫉妒心日益强烈起来，这也是没办法的事。有个猜疑自很久以前就开始在他心中萌发，他怀疑自己并不是夫人第一个情人。自明智前来拜访那晚以后，原本模糊不清的猜疑仿佛被染上了浓重的色彩，骤然变得清晰起来。

姬田，甚至或许还有村越，是不是都曾像武彦一样被夫人疼爱过？还有那二人离奇的死状，是不是和夫人的爱情有什么关联呢？奇怪的想象涌上武彦心头，其爆发力简直难以抑制。

在明智来访后的第二天晚上，武彦得到了明确的消息，大河原氏要很晚才回家，于是他又偷偷潜入了主人夫妇的卧室。那张大床是大河原氏与由美子夫人的常用之物，对于武彦而言，它曾是令他感到嫌恶与罪恶感的巨大障碍物，但如今却反而变成了一件充满魅力的东西，能带给他异样的刺激感。并且，床上充满了男性的体味，武彦对此也没感到嫉妒。他开始觉得大河原氏不是他的竞争对象，而是同由美子夫人一样，完全是另一种不属于这个世界的存在。他嫉妒的对象是其他男人，与他处于同一水准的男人。

"我不是你第一个情人吧？虽然你说我是孩子，但这种事我还是明白的。"

由美子夫人二十七岁，武彦二十五岁，尽管二人年龄相差无几，但武彦在夫人面前简直就是个孩子。夫人也喜欢拿这件事打趣。

"对这些事追根究底又有什么意义呢？别想其他的事，只要我们俩相爱不就好了嘛。你要把全部心思都放在我们的爱情这一件事上，你只要为我美好的胴体陶醉就可以，只要为我神魂颠倒就可以了呀。"

事实上，武彦也的确做到了，他只是迷恋夫人的身体。被夫人充满朝气而又温暖的胴体包裹住的感觉令他精神恍惚，能让他将所有的思虑都置之脑后。

然而，每当他离开夫人身边，就会再度陷入嫉妒的猜疑中。他一整天都在不停地思考，痛苦愈演愈烈，他变得坐立不安。主人命他做的工作他也心不在焉。

明智来访后又过了三天，也就是十九号，他看准夫人不在家的空当，一过中午便攥着一根铁丝，偷偷潜入了位于西式建筑尽头的她自己的起居室内。除此之外已经没有其他办法了，武彦心中这样想到。

自他同夫人发展成情人关系后，曾多次出入夫人的起居室。有时他连门都不敲，偷偷溜进去。有一次，他就这样悄悄地推开门，发现夫人正背对着他，趴在书桌上写什么。夫人听到他蹑手蹑脚靠近的声音，像吓了一跳似的，合上了本子。那是一个外观奇特的本子，武彦过去从未见过。

那个本子的封皮是用类似于铝的金属制成的，还带着一把小锁。夫人用外袍的袖子遮住本子上了锁，慌慌张张地把它扔进书桌最下面的抽屉里，又把抽屉也锁上了。武彦明白夫人为藏起本子十分狼狈，所以他什么都没问。而夫人呢，也没做辩解。

他推开门时，夫人的确在写东西。书桌上再没别的纸了，所以夫人一定是写在那个本子上的。这么说，那应该是本带锁的日记本吧。他曾听人说起过这种日记本，一定是这样没错，否则夫人不会那样惊慌失措地想把它藏起来。武彦的心情顿时变得糟糕起来。夫人在写不能让他看的日记，她的日记本甚至上着锁，这可不仅仅是因为单纯的害羞，而是因为她有不想让任何人知道的秘密。一思及此，武彦就无法抑制疯狂涌上心头的嫉妒之情。

现在他又想起了那本带锁的日记，它肯定还放在原先的抽屉里。虽然武彦没有钥匙，但抽屉锁眼的构造应该不会太复杂，所以只要把铁丝的一头弄弯，就能用它把抽屉打开。武彦在少年时期曾干过这种恶作剧，所以对于这项技术多少有些自信。

武彦顺利地弄开了抽屉。带锁的本子就放在里面。武彦把它拿出来，回到自己的房间后，仍想用那根铁丝将锁挑开，但这次却没能成功。他没法子，只得用刀尖把锁撬开了。这样一来锁就损坏了，因此他打定主意，要让这本日记永远消失，即便夫人追问，他也要坚称不知。

果不其然，这是本厚厚的日记。夫人写日记的方式十分随性，有时在好多张空白页后，会突然出现几页没标注日期的文字，将某件事细致入微地描写一番。不过总的来说字数并不算多，武彦只花了一个多小时就把它读完了。他一边读，心脏一边扑通扑通狂跳，身体也跟着颤抖起来。有好几次他惊愕得不得不将目光从日记本上移开。

在这本日记里，不仅清清楚楚地写着，武彦那些似是而非的胡乱猜测全都是事实，而且还记录了更令人毛骨悚然的推理。姬田、村越、赞岐这三起连环杀人案的凶手姓名呼之欲出。尽管这只是由美子夫人的推理，但其中没有半分漏洞。

啊，由美子夫人真是位不可思议的女性啊。白天的名门闺秀，入夜就变成了疯狂而美丽的野兽。对武彦而言，仅此一点就已足够惊世骇俗，令他瞠目结舌了，而现在她再次摇身一变，变成了绝代名侦探。她那完美的推理，用叹为观止来形容都不为过。

接下来,就是从由美子夫人那本带锁的日记中摘选的内容,是和这个故事有直接关系的部分。

【五月六日】

我渴望着冒险与恋爱。今天,我终于满足了这两个愿望。我得知丈夫要出席宴会,直到晚上八点才回家。于是我便谎称去银座购物,中午一点多独自出了家门。家里的车送我丈夫去了,所以我打了辆出租车,匆忙赶到赤坂的矢野目美容院。矢野目滨子是我在女子学校时的老师,也是我的同性恋人,所以我的一切要求她都会同意。进入美容院的内室,只有我们两个人时,我把一切都向她坦白了。并且,我请求她助我一臂之力。滨子这个人同过去一样,喜欢离经叛道的事,因此她爽快地答应了我。她早已洞察了这世上的一切。

我的约会是在三点,所以为了能赶上约会,我要准备得很充分才行。首先,我让滨子帮我换了个发型。我请她帮我设计了一款十分钟之内就能做好,并且再花十分钟就能恢复原状的发型。她是美容专家,顺利地满足了我的要求。接着我又让她帮我改了个妆面,要比我本人难看一些,所以没费什么事。然后我向滨子借了一身颜色鲜艳的旧和服换上,这身行头看上去像个小职员的妻子。变装一共花了不到四十分钟。我穿上滨子的低齿木屐,悄悄地从后门溜出去,打了辆出租车。

快要抵达谷中初音町的小旅店"清水"时,我下了车。H已经到了,他在旅店门口徘徊。我们俩一起走进旅店里。

我在一周前从银座回家的路上，让出租车带着我在附近兜圈子，发现了"清水"这家小旅店。谷中一带有这种古旧的旅馆，我是早有耳闻的，一找还真有。近来出现了许多带有温泉标记的新式旅馆，我很不喜欢。我认为高级酒店之类的地方太危险了，而破旧的小旅店谁都不会注意。我们假装成中流社会的寡妇和她的情人，走进旅馆后，老板娘很有眼力见儿地领我们来到一个偏僻的房间。这里的女招待也是从乡下来的，让我觉得很放心。

　　H挺早熟的，但看起来却是第一次经历这样的事，一副惴惴不安的模样。他真是个可爱的男孩子。过不了多久，他就会变得大胆起来吧。十号我丈夫还要出席宴会，仍很晚回家，因此我和H约好那天再见面后就分开了。我将下次幽会的地点定在了高田马场附近，是户冢町一家名叫"大野屋"的小旅店，也是我提前物色好的老式旅馆。

　　五点半，我回到了矢野目那儿，让她帮我把头发和妆面都恢复成原状。六点半时我回到了家中。

　　这天以后，五月十日、二十三日、六月二日、八日、十七日，七月五日、十三日、十七日、二十四日、三十一日，八月七日、十四日、二十一日，九月五日、九日、十三日，十月十日，夫人都写下了同H幽会的记录。有的寥寥数语，有的长篇累牍，但大部分还是和五月六日这篇大同小异。在七月十七日至八月二十一日期间，大河原氏夫妇同贴身女使、司机等人一起去了箱根塔之泽的别墅避暑，因此幽会的形式也有所变化。夫人和H七月中在小田原的中级旅馆、八月中在国府津的中级旅馆幽会，选的都是再保险不过的日子，不是丈夫大河原氏去东京办事回来得很晚，就是由美子夫人编了个借口说有事去东京。每次幽会时，夫人都会离开塔之泽，而H则特意从东京赶来。箱根没有像矢野目美容院那样的中转站，因此没法改头换面，不过夫人会利用车站的洗手间等场所稍微乔装打扮一下。要把和H幽会的日记全都写在这儿，那可就太长了，所以我省略了那些无关紧要的部分，只列出和重要的新事实相关的记录。

【九月二日】（前略）今天，名叫村越的青年初次参加我们晚上的聚会活动。据说他是城北制药的优秀职员，丈夫似乎非常关照他。或许之前他也曾来过，不过我和他聊天今天是头一次。他是个沉默寡言而理性的青年，看上去十分冷淡，但这种人一旦被爱情之火点燃，没准出人意料地热烈。（后略）

【九月十五日】（前略）我一直对M难以忘怀。今晚我们俩第一次单独在院子里散步。丈夫、H，以及其他的青年都在书房打牌。M好像不怎么热衷于竞技游戏，我便邀请他一起来到了院子里。这是个美好的夜晚，明月朗照。M是爱我的，这一点无须多言，他对我的爱恐怕十分浓烈。但他却没对我表白，只说了些富有哲理的话，倒也不显得矫揉造作。他连我的手都没碰一下，然而我比任何人都能理解他的心情。他也很明白这一点。（后略）

【九月二十七日】我的愿望终于实现了。我用了和H幽会时一样的方法，但却是在另一个旅馆（目黑的"柏屋"）

和M幽会。滨子真是个值得信赖的人,她包容了我全部的任性要求,并且守口如瓶。她掌握着我所有的秘密,只有她掌握了。

M热情似火,他紧实的身躯如同铁鞭一样。H像花瓣一样娇柔的身体根本无法同他相提并论。我不怕H,但却有些害怕M。

【十月二日】和M进行了第二次幽会。(此处的记录省略)

【十月五日】(前略)从今天起,丈夫的秘书就要住进家里来了,他名叫庄司武彦,是个美少年。不过他给我的感觉还像个孩子。(后略)

【十月十日】在H的纠缠下,我无奈地在我们第一次幽会的地方——初音町的"清水"又与他见了次面。H流着泪说,我从九月中旬开始变得十分冷淡。他还不知道M的事,但他已经怀疑了。我爱抚着他那柔嫩的身躯安慰他,但他清楚地感觉到我变心了,因此没完没了地缠磨我。我找了个恰到好处的时机,和他做了最后的道别。我已经不打算再见H了。

【十月十一日】(前略)我让庄司把带三脚架的望远镜搬到檐廊上来,正在看蚂蚁时,一只螳螂闯入了我的视野。我想让庄司杀死它,但庄司却失手了,螳螂向我飞了过来。我惊叫着抱住了他,这时我感到庄司的身体在颤抖。多么可爱的孩子。(后略)

【十月十五日】白天有个安全的机会,于是我和M在莺谷的"常盘旅馆"见了一面。我很清楚,M已经疯狂地爱上了我。他甚至说想要"殉情",但我却丝毫没有这样的念头。昨天,M在我家庭院中和H吵了起来,听说还被H打了。M同H性格不合,所以二人经常看起来不对付,但这次之所以会闹到这个地步,恐怕是因为H对我感到绝望而导致的吧。H未必就是怀疑M和我的关系,但他在爱情上的直觉令我感到惊诧。不用说,是H的直觉告诉他我和M有问题。由于M是站在胜利者的立场上的,所以他几乎没把这次争吵当回事。

在H同M发生争吵前,我们二人待在客房中时,他给我看了件奇怪的东西。有人将白色的羽毛放进信封寄给了H。H说他完全想不出是谁干的。我想这应该是有什么人在和他开玩笑吧。

这之后,十月份又同M幽会了三次,倒也没什么新鲜事,因此此处的记录省略。

【十月三十一日】(前略)我和丈夫、庄司来到了热海的别墅,就我们三个人。估计又要开始每天用双筒望远镜窥视了。前些天我刚看过《后窗》[①]这部电影,不过说起来,我们才是用望远镜窥视的前辈。(后略)

【十一月二日】S渐渐迷上了我。我只要稍微碰一下他的手,他就会面红耳赤地浑身颤抖,真是可爱得让人受不了。今天我出浴后,也和他一起看双筒望远镜来着。耳鬓厮磨之

[①]《后窗》是一部由希区柯克执导的悬疑片,讲述一名摄影记者为消磨时间,用望远镜窥视邻居并由此识破一起杀妻分尸案的故事。

际，我能清楚地听到 S 的心脏在剧烈地跳动着。

下午，H 利用两天连休的时间赶了过来。他想方设法要挽回我的心意。真可怜。但我现在只需 M 一个人就够了。不过，看见 H 我也不讨厌就是了。夜里，我和丈夫、H，还有司机四个人一起打起了桥牌。H 坐在我身旁，看起来很愉快。我也适当地取悦了他。

【十一月四日】昨天我连写日记的工夫都没有，因为发生了一件可怕的事，H 从鱼见崎的悬崖上坠入海中身亡了。并且，我和丈夫通过别墅窗边的双筒望远镜，正好目击到他坠崖的瞬间。（注：此处详细地记录了当天的情形，但都是读者已知的事，因此此处的长文省略。请参看"双筒望远镜"一章。）那根白色羽毛果真是死亡预告。就在昨天上午，H 还来找过我，告诉我他又收到了白色羽毛，还把装在信封里的羽毛拿给我看。这封信昨天一大早就送到了，地址写的是这里的别墅，寄到后再转交给 H 的。而且，H 坠崖而死时，衣服口袋里还装着这根羽毛。虽然警察说这有可能是某个秘密结社干的勾当，但我很难想象 H 会和那种结社有什么关联。

傍晚，丈夫和 S 二人去鱼见崎的悬崖上勘察了一番。我算好他们二人抵达悬崖的时间，在二楼的窗边用双筒望远镜看到了他们。他们俩和悬崖上茶叶店的人说了会儿话，然后沿着街道一直往回走，下到小路上去了。下去之前，二人轮流用双筒望远镜看了看我这边，我挥了挥手帕以示回应。下到小路上以后，他们就被树林挡住，看不见人了。

不久之后，他们俩回到别墅，向我详细地描述了一遍调查结果。他们遇到了一个古怪的青年，经过询问，青年说H是和一名穿深灰色外套的男子一起去的那棵松树下面。这无疑是他杀，那名穿深灰色外套的男子就是凶手。据说那个男人还拎着一个巨大的提包，似乎是从东京来的。（后略）

【十一月六日】我们总算离开热海，回到东京了。（后略）

【十一月七日】（前略）丈夫不在家，所以我来矢野目这儿了。我捏着嗓子往M公司打了个电话，但M接电话后说他今天头疼，恕不能赴约。他的声音听起来很奇怪，好像喉咙非常嘶哑。我便死心回家了。（后略）

【十一月八日】（前略）警视厅有个叫蓑浦的刑警来我家拜访。丈夫正好在家，因此我也陪同出席了这次会面。蓑浦刑警说，发生在热海的这起案件已经移交给警视厅了，但搜查工作几乎没什么进展。（后略）

【十一月十日】（前略）我终于见到了M。今天我们又去了目黑的"柏屋"。M满面愁容，在床上他也不像往常那般富有激情。他告诉我，两三天前警视厅的刑警来找过他，调查他三号下午的不在场证明。警方似乎正在调查H所有朋友的不在场证明。M说那天他去歌舞伎座看表演，在走廊里遇见了我家的富姨（注：种田富曾是由美子夫人的奶妈子，现在也居住在大河原家），站着闲谈了几句。M说那是五点左右的事，因此是确凿的不在场证明。

这样的话，应该就没什么可担心的了，可M的神情依然充满忧虑。M对我隐瞒了一些事，他是个不露声色的男人，但我感觉得到。不过我没有追根究底，就算我问他也不可能

说。今天真是无趣。对于不再像铁鞭一般富有活力的M，我几乎提不起兴致来。（后略）

【十一月十三日】（前略）我给M打电话，但却遭到了他的拒绝。尽管他都去公司上班了，但他仍说自己身体不舒服，所以不能见面。（后略）

【十一月十七日】（前略）我和M在麻布二之桥附近一个名叫"伊势荣"的小旅店见了面。M变得愈发奇怪了，像是有什么烦心事，和我见面也是一副萎靡不振的样子。不，更准确地说，他好像是在惧怕着什么。他的确是在害怕什么东西。若非有极其特殊的理由，否则像M这样的精英是不会变成这样的。他抱着我，情绪有些激动时说了句匪夷所思的话。他说，"可能我也会被人杀死"。然后，他目不转睛地凝视着我的脸，眼神中充满了恐惧。我试图问出他的秘密，但他没再吐露半个字。看样子他十分后悔刚才说走嘴的事。究竟是什么事让像M这样的精英如此心惊胆战？这令我也感到有些恐怖。我和M是情人关系，就连对我都无法说出口的事，究竟是怎样的秘密，又是何等恐怖呢？我真的开始感到害怕了。

【十一月二十日】我再次被M拒绝了。这是第三次我主动打电话约M，然后被拒绝了。M似乎想避开我，因为他有难言之隐。如果同我见面，他很可能又会说漏嘴，因此他才避开我的。

近日来，我为了揭开他的秘密终日冥思苦想，但却没有任何头绪。答案似乎呼之欲出，又似乎扑朔迷离，令我心焦。

我总感觉，这个秘密就在我眼前。我有个可怕的猜测，但那是不可能的。我的猜测无论如何都不成立是有原因的。啊，太可怕了。自我出生以来，还从未感到过这种不祥的恐怖呢。（后略）

【十一月二十八日】（前略）S成了暗探，正在调查我们的事情。这是阿菊（贴身女使的名字）和五郎（少年门房的名字）悄悄告诉我的。S好像还查阅了五郎的日记本。说是日记，其实只是将一些信息整理成列表记录在了本子上，包括每天主人出门的时间，如果知道去哪里的话就写上地点、回家的时间，还有来客姓名、来访时间。五郎很听我丈夫的话，每天都将这些信息记录下来。S为何要查阅这份列表呢？阿菊的报告解开了我的疑惑。阿菊说，S一直缠着她打听，要她回想起我在五月上旬至十月上旬期间外出的日期和时间。好像他也向其他贴身女使打听过。由此我能推想出，S查阅五郎的日记本一定是为了调查我丈夫出门的日期和时间。

S似乎痴迷于扮演侦探，也许他正在独自调查什么事，但我觉得也有可能是什么人拜托他调查的。会是警察吗？之前见过的叫作蓑浦的刑警长相倒是挺正直的，但我也猜不透警方会采取什么行动。我还是找个机会好好问问S吧。

【十二月二日】（前略）M突然打电话来通知我，说他搬到了涩谷的一栋叫作神南庄的公寓里。我在家里接电话，什么都不方便说，只能听他说。也不知他为何要搬家，会不会和那个秘密有关系呢？（后略）

【十二月三日】我很担心 M，于是向丈夫请示后，我便堂而皇之地前往 M 的新居神南庄拜访了他。我问他为什么要搬家，但他坚称是因为之前的公寓住烦了。现在的公寓是那种古老的纯西式房间，十分阴暗，M 似乎很中意。他依然满面愁容，但看起来也不像是因为害怕什么才搬的家。我想方设法地试探他，但他什么也没吐露，看上去简直像是变了一个人。他的视线避开了我，一直盯着别处，说起话来也文不对题。

明天是我丈夫去大阪的日子。他的原定计划是乘飞机去，并在那里住一晚再回来。我将这件事告诉了 M，但他却没有任何反应。在我看来，他压根儿就没想和我在外面幽会的事。我感到无所适从，情绪低落地向他道了个别，便回家了。

那天晚上，我突然鬼迷了心窍，对本该陪同我丈夫去大阪的 S 说，让他谎称自己生病，留下来陪我，他毫不犹豫地同意了。多么可爱的男孩呀。

【十二月四日】我丈夫乘上午的飞机出发了。（中略）深夜时分，S 偷偷溜进了我的卧室。

我叫他来有两个目的。一个目的是盘问他，为什么前些日子他要向小阿菊打听五月至十月期间我外出的日期和时间。我一问，S 立刻就坦白了。出乎我意料的是，他说他是受明智小五郎之托进行调查的。我装作早就察觉到了这件事的样子继续追问下去，S 就把明智给他的日期表拿出来给我看了。那张表上，标明了今年五月六日至十月十日期间的十八个日期，还有当天的时间。我只看一眼就明白了。那是我和 H

在多家旅店幽会的日期和时间。

我敷衍S说，每隔两天我都会去银座，要不就去赤坂的美容院，因此即便我在这张表上标注的日子里外出了，也没什么可奇怪的。不过，明智先生究竟是从何处得知如此精确的日期和时间的呢？

我想到了，是因为明智先生拿到H的日记了，除此之外没有其他来源了。虽然H不可能写出我的名字，但他很可能把和我约会的时间都记在日记本上。大名鼎鼎的明智先生应该会将我和那些时间联系在一起，并且通过S来确认。我想背着丈夫出门，就得挑丈夫不在家的日子。因此明智先生才指示S，让他一并调查我丈夫的外出日期。这样一来，如果我们二人的外出日期全都一致，他就知道我外出这件事的性质不正常了。真不愧是名侦探。不过，我外出的时间全部加起来，是那张时间表的三四倍，因此我完全可以狡辩，称这只是碰巧一致罢了。我对S就是这样搪塞过去的，但明智先生可不会上当。

那天晚上我还有一个目的，就是诱惑S。我走进浴室里，招手让他过来。S听从我的指示脱光了衣服，猛地向我扑来。我们二人沉入浴缸中。S的身材很好，还有种H和M都不具备的青涩。我疯狂地爱抚他，S说想被我包裹住，于是我便如他所愿，敞开胸怀包裹住了他。在遇到S之后，我才明白自己具备包容男性的性格。从这个角度来看，S是个极好的情人。我第一次感到男人是这样可爱。（注：接下来直到十三号村越横死那天，他们避开主人的耳目在家中幽会了三次，但那些记录不过是单纯的情欲描写罢了，因此在此处省略。）

【十二月十四日】M死了。据说是昨晚九时，在公寓中用手枪自杀的。那时我们正好在家里听广播。据警方说，枪声是紧接在九点报时之后响起的，但我们也听到了九点的报时。

晚上，警视厅一位名叫花田的警部来访，将详情告诉了我们。一开始警方认为M应该是自杀，但M尸体的胸前放着一根和H案件里相同的白色羽毛，且M没留下遗书，基于这两点，警方怀疑存在他杀的可能性。警部询问我丈夫，是否发生过什么会导致M自杀的事，但我丈夫回答说他完全想不出任何线索。这名警部似乎是曾来过我家的那位名叫蓑浦的刑警的上司。他容貌粗犷，虽不是个风度翩翩的男子，但看上去头脑很灵活。他的眼神似乎能洞察人心，令我感到有些不舒服。他刨根问底地询问我们同M的关系，还不遗巨细地调查了我们的不在场证明。幸运的是，案发时我丈夫、S和我三人正在听广播，这是确凿的不在场证明。虽然我们很少听广播之类的东西，但昨晚有坂口十三郎的小提琴演奏，因此我们才打开了收音机。而且我们三人幸运地一直听到了九点报时那会儿。花田警部向我们致歉，说自己问了些失礼的问题，然后便告辞了。警方应该不会怀疑我丈夫和我杀害了M等人，但警察的工作好像就是要将被害者友人的不在场证明全都确认一遍。

由美子的推理(一)

【十二月十六日】（前略）晚上，明智小五郎先生拜访了我们。我第一次见到这位大名鼎鼎的业余侦探。他的为人同传闻中一样，那头乱发有些花白，不知为何看起来很有气魄。他是名美男子。我丈夫、S和我都参加了会面，但主要是我丈夫同他交谈，我和S是旁听者。

我们从明智先生口中听说了村越的朋友——那个画家在村越遇害的前一天，也就是十二号的晚上在千住大桥附近的隅田川溺水身亡的事情。

明智先生向我们详细地说明了两件事。其中一件事是，他当着我们的面，不费吹灰之力解开了村越房间成为密室的秘密。他没表现出丝毫自命不凡的样子，而是爽快地画图给我们看，解释密室的机关，因此我甚至感到有些不过瘾。明智先生还详细地描述了一件事，那就是村越的画家朋友曾住在一间奇怪的小阁楼间，那个房间里堆满了破破烂烂的旧物件，其中还有一个坏掉的假人模特。这个假人只剩下了脑袋连着胸部的部分，还有双臂、双腿，没找到它的腹部和腰部。在双腿的最上面和胸部的最下面开了许多小孔，看起来很像是用细绳或铁丝将胸和腿拴在一起后留下的痕迹。明智先生喋喋不休地向我们描述着这些细节。

并且，他只说了这些，除此之外也没强调什么，也没试图从我们口中打听些什么。那么，他来给我们讲这两件事，说得这么详细，究竟是什么意思呢？明智先生一下子就将密室之谜解开了，以他的水平，是不可能对其他更关键的案情一无所知的。他肯定知道，但却没告诉我们。而且他没准早就预计到了，我们会产生这样的怀疑。

我总觉得他这个人令我感到不舒服，令我不寒而栗。

他脸上挂着冷笑，看起来很是古怪。而我的丈夫也对着他笑，好像在回应他一般。这是什么意思？难不成我丈夫也同明智先生一样，知道些我不知道的事情吗？

【十二月十七日】昨晚我与丈夫同寝，但我们俩没说一句话。明智先生离开后，直到就寝的这段时间内，我丈夫同我只说过几句话，后来他突然变得阴沉起来。似乎是我说的哪句话触怒了他，但我怎么想也想不出到底是哪句话引起他的不快了。我丈夫还是头一次对我露出这样的脸色，我没像往常那样对他撒娇。躺在床上时，我也提不起兴致和他聊天了。气氛有些令人不快，与其这样说，倒不如说有些令人毛骨悚然。这种恐怖的气氛还在不断地扩散。

我并非不擅长理性思维，但感性思维总是抢先一步占据我的大脑。也可以说这是一种预感。于是我会先产生直觉，然后再慢慢去分析，结果我的预感总能得到证实，无一例外。因此，我对自己的预感深信不疑。

我头一次感到丈夫如此可怕，这种不同寻常的预感绝不会有错，我必须将它分析清楚。但就连分析这件事我都感到害怕，因为在我内心深处，我早就注意到了一件事，过去我一直在自欺欺人，想将这件事隐藏起来。

我心里越是有不想让别人知道的秘密，就越忍不住要把它写在这本带锁的日记本里，这已经成为我的习惯。如果秘密只能藏在心里的话就太痛苦了。在精神分析学中，隐藏秘密将会成为精神疾患的源头。秘密藏得越深，这份痛苦也就越大。基督教有告解室这种东西，它一定是为了缓解隐藏秘密的痛苦而被发明出来的。机缘巧合，它恰好符合了精神分析学的原理。我决定将这本带锁的日记作为我倾诉秘密的树洞，用来取代告解室的作用。如果这本日记本写满了，我将把它付之一炬。迄今为止，我已经写满了七本带锁的日记本，并将它们全都烧毁了。这本日记是第八本，它也终将迎来燃烧的那一刻。

我丈夫一早就出门了，家里的用人们也都鸦雀无声。谁也不会来打扰我。我可以从容不迫地将昨晚我花了一整个晚上思考的事情——再现在这本日记本上。

说到昨晚，我就这样躺在床上瞪大了眼睛思考着，藏在我心底的怪物嗖地浮出了表面。尽管我很害怕，但我认为我不能假装没看见。如果不将这个秘密分析清楚，我就无法打消这份不安。最好是亲手抓住怪物，在强烈的光线下解剖它。但要把我的分析变成文字写出来，会十分冗长。大概会用去日记本中好几十天的篇幅。

首先是最开始，我看见白手帕飘落到窗外的情景。自很久以前起，这幅景象就屡次投射在我心中。但由于我害怕思考这一幕意味着什么，所以我佯装不知，不闻不问。我当然知道这一幕意味着什么。我只是假装不知道，欺骗自己的心。但现在我必须将它分析清楚了。

那时，我正在热海别墅二楼的窗口用双筒望远镜眺望鱼见崎的悬崖上方，我看见那棵松树下有一个人影。我将这件事告诉了身旁的丈夫，丈夫便拿来另一副双筒望远镜，想看一看。我丈夫有个习惯，在看望远镜前必须用手帕擦拭镜头。当时他也掏出了手帕，象征性地擦了擦镜头，但手帕就那样从他手中滑下，飘落到窗外去了。然后，当我们用双筒望远镜再次眺望时，恰好看到了姬田从悬崖上坠入海中的那一幕。

那块手帕应该是我丈夫不小心弄掉的吧。如果说是他故意丢下去的，又如何呢？从很久以前起，我就一直在内心深处思考这一点。我在思考的同时又装出没有思考的样子来，想骗过自己的意识。因为我害怕，因为我一分析，怪物就会跳出来扑向我。

假设我丈夫是故意丢下那块手帕的，那么就会产生一个很重要的结果，那就是我的丈夫是杀人凶手！

我只能认为，飘落到窗外的白手帕是在给远处的某个人发信号。除此之外我再没其他想法了。那么这个信号是发给谁看的呢？是发给藏身于鱼见崎的悬崖上，也用双筒望远镜窥视着我们的人看的。不用说，这个人肯定不是姬田，而是另外一个人。他躲藏在树丛中，用我们这边的双筒望远镜看不到他。

为何说这个人肯定不是姬田呢？因为当时我们所看到的那个坠崖的人，并不是真正的姬田。我们在双筒望远镜中只看到有人坠崖，在找到尸体以前，我们一直不知道那是姬田。即使是借助双筒望远镜的力量，我们也无法看清人的容貌，这一点自不必说，就连西服上的条纹我们都分辨不清。那身华丽的条纹西服，在双筒望远镜里看是深灰色的。

昨晚明智先生让我明白了，我们看到的那个坠崖者并不是真正的姬田。听说侦探会告诉嫌疑人一部分真相，表明"我已经知道这么多东西了"，使嫌疑人抱有恐惧心理，陷入惊慌失措的状态，然后他只需等着嫌疑人犯下意想不到的失误就可以了。

昨晚明智先生的谈话就是在这样做。就连密室的秘密什么的，他都轻而易举地解开了啊，还有假人模特的秘密也是……因此他实际上是在告诉我们"别的事我也全都知道了噢"，这是一种心理上的审讯。

我听明智先生谈到假人模特时，立刻在心底将它和手帕飘出窗外的情景联系在了一起。我一直在努力强迫自己，让自己不要将注意力集中在这件事上。

放在那个画家房间内的假人模特为什么没有腹部和腰部呢？那是因为，无论多大的提包也塞不下这么大的东西。鱼见崎茶叶店的女招待看到的穿深灰色外套的男人提了一个大提包，而这个假人模特就装在那个提包里。将所有的信息组合起来就能得出这个结论，不过我是凭直觉想到的。就像是拼图的一角，把它放在那儿以后发现正合适，严丝合缝。

明智先生曾意味深长地说，在假人模特的胸部下方以及两条腿的上方都有一圈小孔。胸部和腿部是用粗而长的铁丝穿过这些小孔连在一起的。那么，在胸部和腿部之间应该排列着像竹帘一样的铁丝，它们取代了假人模特的腰腹部。然后凶手再给假人模特穿上和姬田一样的西服，在其颈部拴一根类似于鱼线的细而坚韧的线。这根线的长度必须要超过从悬崖上至海面的高度。

鱼见崎茶叶店女招待看到的穿深灰色外套的男人将假人模特拆开放进大提包内，带到了悬崖上。接着，他藏身于从我们别墅二楼看不见的树丛中，将假人模特拼接起来，做成很像姬田的样子，再把假人模特脖子上的线系在那棵松树的树枝上，像操纵木偶一样，让假人立在松树下方。操纵假人的男人就一直躲在树丛中，扯动线的一头，让我们看到假人在动。我在双筒望远镜里看到的人影其实是这个假人。

就在那时，我丈夫也拿起了双筒望远镜，然后他丢下了那块手帕，那就是信号。躲在悬崖上的树丛中的男子恐怕也正用双筒望远镜窥视我们这边，他看见手帕飘落后，立刻让假人模特从悬崖上摔了下去。于是这一幕便出现在了我和丈夫的望远镜里。

为什么丢手帕的信号不可或缺呢？其实这是不言而喻的，因为要是我和丈夫两人没看到假人坠崖的那一瞬间，诡计就无法成立。丢手帕实际上是"现在我们的双筒望远镜正看向你那边呢"的信号。这是个多么玄妙的计划呀。哪怕只有十秒钟的误差，所有的准备都会付之东流。啊，我丈夫那装作无意间弄掉手帕的技巧！可怕，多么可怕的谋略呀！

要耍这么些花招，已经需要大量的准备了。为何如此大费周章，也一定要让我们俩同时看到假人坠崖那一幕呢？是为了不在场证明，为了制造出不可撼动的不在场证明。尽管通过双筒望远镜看到这一幕的人只有我和丈夫，但当时在场的人还有庄司。而且他说，他用肉眼也看到了豆粒大小的人从悬崖上摔了下去。因此证人有三个，且三人同时也是这起杀人案件的第一发现者。正因为我们报了警，姬田的尸体才会被发现。真正的凶手在远离杀人现场的地方以目击者的身份出现，还是这起杀人案件的发现者。不可能有比这更确凿的不在场证明了。

从海里打捞上来的不是假人，而是真正的姬田。不消说，这是因为姬田早就被凶手从同一个悬崖上推下去了。凶手后来又扮演了这出将假人推下去的好戏给我们看，是为了让我们以为我们看到的就是杀人现场。在我们离开二楼的窗户之后，那个穿深灰色外套的男人扯着拴在假人脖子上的线，将它又拉回了悬崖上，拆分后装回大提包里，然后拎着包离开了。

在这个思考过程中，我逐渐想明白了许多细节。那个男人拎着提包返回热海车站时，悬崖上的茶叶店已经关门了，一个人都没有。这家茶叶店通常都是在五点左右关门，虽说那天傍晚一直到五点二十几分还开着，但拎着提包的男人是在比这个时间更晚的时候才回来的。因此，茶叶店女招待说她没看见这个男人回来。

那么，叫作依田还是什么的乡村青年目击到的穿深灰色外套的男人又是谁呢？依田不是说这个男人是同尚未殒命的姬田结伴往悬崖的方向走的吗？仔细思考一下，这里其实存在一个偶然但却巨大的疏漏。由于乡村青年没有手表，所以并不清楚二人经过时的准确时间。而问话者也没注意到这一点，于是他就先入为主地认为穿深灰色外套的男子只有一名。青年看到的那名男子没拎包，这一点他也找到了自以为合理的解释，那就是他把包藏在什么地方了。

然而事实上，茶叶店女招待和乡村青年看到的压根儿就不是同一个人，只不过他们的呢帽、外套、眼镜，甚至连假胡子都一样罢了。如果想不到有两个穿灰外套的男子的话，那逻辑怎么都无法解释得通。那么，乡村青年所看到的那名男子是谁呢？他就是真正的犯人大河原义明，也就是我的丈夫。

我丈夫偏偏在那天自己驾车往返于高尔夫球场。他是为了在回家途中将车开到距离鱼见崎很远的森林中藏好，再和提前约好的姬田碰头，然后一起去悬崖上散步。我丈夫的替换衣物中就有深灰色外套和呢帽，他只需将衣物拿到车里再换上就可以，不费什么事。他很缜密，假胡子和眼镜也一定准备好了。

虽然姬田曾爱过我，但他十分尊敬我丈夫。一边同人家的妻子私通，一边对丈夫敬重有加，这两件事放在姬田身上并不矛盾。我丈夫就是具备如此超凡脱俗的伟大魅力，这么说一点也不为过。因此，姬田对我丈夫言听计从。如果我丈夫让他傍晚时分在鱼见崎附近等着的话，他一定会照做；如果我丈夫命他绝不可向第二个人透露这件事，就算对我他也不会说。然后，我丈夫便在谈笑间将姬田带到那棵松树下面，也是在谈笑间，趁机将他推下悬崖的吧。接着，我丈夫又回到停车的地方，装作若无其事的样子，开车回到了别墅。

在我丈夫回到别墅后，过了四十分钟左右，我们就去二楼窗边用双筒望远镜眺望了。因此我推测，真正的案发时间应该比五点十分早大约五十分钟，发生在四点二十左右。乡村青年所看到的两人同行的场景，肯定比四点二十还要早若干分钟。由于青年的描述和问话者的判断都不准确，所以谁都没注意到这五十多分钟的时间差。他们脑中已经有了先入为主的观念，固执地认为穿深灰色外套的男子只有一名，因此根本想不到时间差的问题。

就这样，我丈夫完成了一个从物理角度来说根本不可能发生的诡计——从远处目击自己杀人。昨夜我一整晚辗转反侧，和丈夫躺在一张床上，脑中净想着这些。然后，在我得出犯人就是我丈夫这个结论时，在我发现了他那惊人的诡计时，我险些尖叫起来——是为我自己的推理而感到惊叹。

这时，躺在同一张床上的丈夫正背对着我，看起来已经睡着了，也可能他还醒着，或许他有他自己的担心，正和我一样沉浸在思虑中。但他一动都没动，呼吸也很平稳，因此一点儿都不妨碍我进行思考。夜越来越深了，我的头脑却变得愈发清醒起来。我将推理的线索一条接一条地摘出来，感觉乐在其中。

如果我丈夫不是对那么多侦探小说了如指掌，也不是一名犯罪学者的话，再或者，我没受他影响，也没有潜心阅读他的藏书的话，那我一定做不了这样的推理，我丈夫也不会背负如此可怕的嫌疑了。不幸的是，以他的资质，完全能想出这种复杂的诡计，而我亦具备推断出真相的能力。

动机是？这场犯罪的动机是什么呢？当然是在我身上。姬田夺走了我对丈夫的爱，这是我丈夫对他的复仇。丈夫对我竟丝毫不动声色，只对他的情敌姬田实施了惩罚。我认为我丈夫是个伟大的男人，深不可测。但我从未想象过他是如此可怕的人，竟能丝毫不改变对待我的态度，以钢铁般的意志干脆利落地干掉对手。在这一刻，我的世界、我的人生如同翻天覆地一般，我遭受了巨大的惊吓。

过去我对丈夫敬畏有加，我将他视为伟大的人物来敬爱。我对丈夫的爱是超凡脱俗的，尽管我接连与人私通，但我对丈夫的爱一点儿都没变。男女间的爱有两种，一种是超凡脱俗的永恒之爱，而另一种则是肉体上的一时欢爱。我认为一时欢爱是破坏不了永恒之爱的。

我自私地以为，无论我做出什么样的事，我丈夫内心深处那份不为人知的爱都不会冷却。我坚信他的那份爱大到能超越这些俗事。当然，我是背着丈夫爱过那些青年，但在我心底的最深处根本不觉得这算什么事，我觉得即使丈夫知道了，我们也不可能分开。我一直相信，他总是高高在上的，不会因为我同其他男性的三角关系而做出降低身份的事。

丈夫对我的爱的确没有消退。不仅仅是姬田，还有村越和庄司的事，恐怕他也早就心知肚明了。即便如此，他对我的态度也没有丝毫改变。这一点倒是和我曾经的信念没什么差异。然而，尽管丈夫爱我爱到这个地步，但却对情敌毫无宽宥之心。我极大地误判了这一点，我的估计失误导致了无可挽回的后果。不过，无论丈夫再怎么精通犯罪，他也不至于制订如此可怕的计划，做出完美谋杀案之类的事吧。这真是我连做梦都想不到的。

那么，在悬崖上操控假人的男人又是谁呢？肯定是村越。否则，在他那个画家朋友的房间里，就不会放着带铁丝穿孔的假人模特了。

毫无疑问，丈夫也查明了村越和我之间的关系。他以此来逼迫村越，如愿以偿地使村越成为他的帮凶，替他办事。站在村越的立场来考虑，他若是反抗我丈夫，就会身败名裂，被毁掉一辈子。再加上丈夫肯定把我和姬田的关系告诉了他。村越不想毁掉自己的人生，而选择去做杀害情敌的人的帮凶，这也是理所当然的。我一下子就明白了，姬田死后村越不愿和我见面的理由。我主动约了他三次，都被拒绝了。偶尔同我幽会，他也战战兢兢的。有一次他不小心吐露了自己的心声，说了"可能我也会被人杀死"之类的话。他的这份恐惧的确变成了现实。他也被杀害了。

村越替我丈夫完成了操控假人的任务后，拎着装有折开的假人模特、西服和双筒望远镜的提包，仍保持乔装打扮后的外貌回到了东京。接着他多半是去了那个画家家。他在那儿恢复成正常的装扮，拜托画家帮他处理掉深灰色外套和大提包，然后回到了自己的公寓，装作什么都不知道的样子。

村越是有不在场证明的，他有确凿的不在场证明。那就是在姬田一案发生的当口，他在歌舞伎座遇见了我家的富姨。这恐怕也是制造不在场证明的"名人"——我的丈夫想出来的招数吧。那人肯定是个冒牌货。恐怕是那个画家受村越之托，穿着村越的衣服，去歌舞伎座晃悠了一圈，然后混在走廊的人群中和富姨打招呼，顺利地骗过了眼神不好的富姨。我丈夫一定提前查清楚了，富姨那天要去歌舞伎座。他那惊人的智慧考虑到了每个细节。

画家多半是将村越放在他家的深灰色外套、呢帽和提包拿到千住的废物市场之类的地方，卖掉了吧。还有提包里穿上很像姬田的那身西服，应该也在那儿卖掉了。只有假人模特卖不掉，因此画家就将它和自己房间里的破烂儿摆在一起做装饰了。他肯定觉得将它和坏掉的石膏像什么的摆在一起就不显眼了。

为什么不扔掉呢？把它扔掉的话就不会被明智先生注意到了，假人替身的秘密或许能保守更长时间呢，真是可惜。在这件事中，或许不仅有画家的智慧，也有村越的一份智慧。村越读过一些侦探小说，因此他或许是在效法爱伦·坡用过的计谋，模仿所谓的"最好的隐藏方法就是放在最显眼的地方"这一手段。而倘若面对的不是像明智先生一般敏锐的人，没准这一招就成功了。

由于假人模特从悬崖上坠入了海中，所以身上有缺损，涂料也脱落了，还变得脏兮兮的。原先它肯定是干净的，恐怕是摆在千住废物市场旧货店里的假人，画家将它买了来，一定是这样。然后他们再将两条腿切下来，打上穿铁丝的孔，做了许多改造。

昨晚我同丈夫躺在一张床上，难以入眠，冥思苦想得出了以上结论。现在我将它记在日记本上，同时再整理一下思绪，将新想到的事也一并记下。或许还有遗漏之处，不过先写到这里吧。

我就这样思考着姬田一案，同时在内心深处比对思考着村越的情况。于是，在我大致厘清了姬田一案中的种种关系后，我又开始有意识地思考起村越的情形来。

直到天亮我都没合一次眼，我的大脑就像计算机一样转了又转。夜越深，我的眼睛和大脑就越有精神，精彩的推理一条接一条地浮现出来。我思考的速度很快。

直到清晨我才睡了大约两个小时。将丈夫送出门后，我就立刻开始写这本日记。但由于我是边思考边写，所以很费时间。现在已经中午了，我要去休息一会儿再继续写。

由美子的推理（二）

饭后我打了个盹儿，所以现在已经两点了。我又打开日记本的锁，开始写了起来。

是谁杀害了村越呢？作为姬田一案的后续，我只能理所当然地认为犯人是同一个人。也就是说，村越也是被我丈夫大河原义明亲手杀死的。动机就不用说了，还是对我们通奸的复仇。再加上他曾让村越充当他杀人诡计的帮凶，而他得知村越开始被警察跟踪，便不能置之不理了。为了保住秘密，除了杀死村越别无他法。那时候，村越说"可能我也会被人杀死"这句话，就是因为他预感到了这一点。

有人给姬田寄过两次白色羽毛，而同样的白色羽毛又被夹在了村越的尸体胸前。这是为了将案件伪装成是秘密结社犯的罪吗？或许多少有些这个意思吧，但比起这个目的，更多的是作为魔术的点缀。由于我丈夫因魔术而出名，所以他应该很想要这样的点缀物吧。杀人如同在舞台上表演魔术，以我丈夫的性格，是喜欢通过这种方式来卖弄的。

与姬田的情况不同，这次我已经知道犯人是谁了。结论在先，之后我只需分析丈夫是怎样瞒天过海的就可以了。

我丈夫在村越一案中也有不容置疑的不在场证明。十二月十三日晚，坂口十三郎的小提琴演奏结束后，九点的报时声响起时，手枪射出了子弹。村越隔壁的人立刻去查看他的房间，结果发现他已被子弹击中身亡。与此同时，丈夫、我，还有庄司同样在我家的客厅收听了坂口的小提琴演奏以及九点的报时。村越的公寓位于涩谷站附近，我家宅邸则位于港区的青山高树町。一个人绝不可能同时出现在这两个地方。姬田一案中，我丈夫在距离上制造出了不可能，村越一案中，他又在时间上制造出了不可能。乍一看，他的不在场证明真是再确凿不过了。然而，其实凶手是利用了天衣无缝的魔术，制造出了这种不可能。如果说凶手能将姬田一案中在距离上的不可能变为可能，那他肯定也能将村越一案中在时间上的不可能变为可能。

　　那他究竟使用了怎样的魔术，才将这种不可能变为可能的呢？

　　这时，突然浮现在我病态般兴奋的大脑中的，是那个装有磁带录音机的贴皮小箱子。刚开始流行磁带录音机时，我和丈夫买下一台美国制小型便携式录音机，新鲜了一阵子，但很快就厌倦了。后来一直放在丈夫书房的柜子里，将近两年没拿出来过了。

　　这也是我曾经说过的直觉告诉我的。我还没搞清楚事件的前后顺序，但当录音机浮现在我脑海中时，我立刻就萌生了一个念头，我想确认一下自己的直觉是不是真的。我悄悄溜下床，走进隔壁丈夫的书房里。我们的卧室同书房之间有道厚厚的墙，因此就算我弄出些动静，也不必担心被丈夫听到。我打开书房的灯，又打开那个柜子的门，一看，那台便携式磁带录音机就在原来的位置上。

我凑近了些，仔细地查看放着录音机的柜子搁板。果然同我想的一样，搁板上积了一层薄薄的灰，不过录音机放在这儿近两年了，所以只有它下方一块呈方形的部分没有灰尘。现在放录音机的位置和没有灰尘的部分并不是完全对上的，错开了两寸那么多。这不正是最近有人将录音机取出来过的证据吗？机器盖子上的灰被擦得干干净净的，我打开盖子往里看，总觉得机器内部也像是最近被人使用过的样子。

我只确认了这一点，便关上灯，又悄悄地躺回了床上。我的直觉是对的，因此我的大脑越发灵活地运转起来。

丈夫是如何使用这台磁带录音机的呢？这仍是一道如同九连环般环环相扣的谜题。我必须查明九连环的秘密。

那日傍晚，我丈夫大约五点回的家。然后他泡了澡，与我一起吃了晚餐，从七点左右起就一直待在书房里看书。七点半左右我还亲自去给他送了红茶，这是我平日里养成的习惯。接下来直到八点四十分坂口的小提琴广播开始，这之间有一个多小时的时间，我丈夫完全是独自一人待在房间里的。这段时间，我在西式建筑最尽头的我自己的房间里，写了写日记、看了看书。

家里的用人们在我们用过晚餐后收拾好餐桌，就回日式建筑那边各自的房间去了，基本不来西式建筑这边。消夜的红茶和点心都是由我送到丈夫那里的。再加上那天晚上好多人都外出了。我有件重要物品要送到住在世田谷的哥哥那里，因此便让富姨带着寄食学生①五郎坐家里的汽车出门了，所以司机也不在家。富姨他们回来时，已经过了九点半了。

黑岩经理傍晚便回自己家去了，我的贴身女使小阿菊由于妈妈生病，回到了位于杂司谷的父母家，要在那儿住一晚。因此，那天晚上留在宅邸的人只有庄司、另一个贴身女使、两名女佣、厨娘，还有守院老伯。司机的太太是住在车库后方的独栋小屋的。在此期间，在西式建筑里的人只有庄司，但庄司好像也一直待在自己的房间里看书。

出于上述原因，从七点三十分左右至八点四十分这一个多小时的时间里，谁也不知道我丈夫是不是真的待在书房中。当然，要想打开书房门，经由走廊来到玄关，避开所有人的耳目出门并非易事。一个原因是庄司会注意到，还有一个原因是负责门房工作的五郎不在时，守院老伯就会留意着玄关这里。

不走这种正经的路，也有法子从庭院里出去。他可以提前将鞋子拿到书房，然后穿上鞋从窗户翻到院子里。院子里都是草坪，即便是没长草的地方，由于这些天一直都是晴天，所以也不必担心会留下脚印。庭院尽头的围墙上有一个充当紧急出口的小门。这扇门很少打开，因此用一把大锁锁住了，但丈夫有钥匙，随时都能打开它。

我想，丈夫或许也做过一番乔装打扮吧。考虑到他的性

---

① 寄食学生，寄宿在大户人家，边看门边学习的青年。

格，他可能再次穿戴了在姬田一案中用过的深灰色外套和呢帽，还有假胡子和眼镜也一样。然后，他将小型磁带录音机夹在腋下，一出小门就在路边打了辆出租车，前往村越位于涩谷的公寓。人们一说起港区和涩谷区，都觉得这两个地方相距甚远，实际上要说近在咫尺都不为过。从青山高树町到涩谷站对面的神南庄其实只隔了十余条小街，汽车的话有个五六分钟就能到。就算加上等待打车的时间，有十二三分钟也足够了。

我丈夫一定是预先吩咐村越借那个画家之手弄到了手枪。不知他是如何解释枪的用途的，但村越恐怕无论如何都想象不到会被自己弄来的手枪杀死吧。丈夫残酷无情的手段就像铁鞭一般凌厉，这下我全明白了。看着丈夫铁人般的身姿，我心荡神驰、神魂颠倒，唯余惊叹与敬畏。

我丈夫当然不会走神南庄的玄关进去，他应该是从公寓背后绿篱的缝隙中钻进后院，然后从村越房间的窗户翻进去的。之前我也写过，我去神南庄拜访过村越，因此我十分了解村越这间老旧的西式房间，其位置正适合这样神不知鬼不觉地溜进去。这间屋子位于建筑物的最东头，南面是走廊，东面和北面朝着后院。局促且荒芜的庭院外围着一圈有缺口的绿篱，但由于竹子已经损坏了，看上去完全能够任人进出。绿篱外侧是一条冷清的小巷，对面则是别家宅邸长长的围墙。

村越的房间还具备另外一个利于潜入的条件。房间的北面、东面、南面刚才都已经说过了，剩下的西面与隔壁邻居家隔了一堵厚厚的墙。邻居家的房门不朝向南面的走廊，而是朝西侧的走廊开的。也就是说，邻居家的房门与村越的房门不是一个朝向，而且从他家房门无法一眼看到村越的房门。不仅如此，村越的房间与邻居家之间的那堵墙一直向北延伸，邻居家要比村越家向北凸出一部分，凸出的这部分是一个房间，似乎被他们当作杂物间用了。从村越家北面的窗户往外看，目光所及之处就只有建筑物的外墙。因此，我丈夫从绿篱钻进院子，再从村越房间北面的窗户潜入屋内，根本不必担心会被什么人看见。

村越是在十二月初从之前那个池袋的公寓搬到这里来的。搬到这么一个便于潜入的房间来，真的是碰巧吗？这难道不也是狡诈的凶手计划的一部分吗？也就是说，村越在收到我丈夫的吩咐后，毫不知情地搬进了这个最方便被杀害的房间，难道不是这样吗？啊，这真是精致到极点的犯罪准备啊！

凶手应该是咚咚地轻叩北面的窗户来着。第一桩杀人案的共犯无法拒绝这不寻常的来访。村越打开窗户，让我丈夫进到了房间里。接着，我丈夫开始展现他那不可思议的演技。我只能这样想象了。

村越的房间里有收音机。入侵者将带来的磁带录音机放在一旁，调试好录音设备，将录音线直接连在了收音机的扬声器上，而不是麦克风上。然后便等待着坂口十三郎的小提琴广播开始。接着，他面对起了疑心的村越，多半是准备了这样一套说辞：

"我是为了赶上坂口的广播才来的。接下来，咱们一起听那位著名音乐家的独奏吧。不仅要听，我还想把它录在磁带录音机上。这样子接线的话,不论我们的说话声和其他声音多么激烈,都不会录进磁带里。只有收音机的声音能被录进去。

"录音的话,我家也能录,为什么偏要把录音机搬到你的公寓来录呢?你一定感到很疑惑吧。不过我有理由非这样做不可,你马上就会明白其中的缘故了。"

丈夫一定是这样说的,我很清楚,他就喜欢这样。

并且,在收音机开始广播前,他应该已经把村越托那个画家弄来的手枪拿到自己手里了。因为磁带录音机和手枪是那天晚上不可或缺的道具。

他们二人静静地听完了坂口的小提琴广播。村越已经或多或少地察觉到了我丈夫的企图。我不知道,他是如何忍受那份恐惧的?或许就像蛇眼前的青蛙一样,已经连动都不能动了吧?我丈夫是有这种不同寻常的威慑力的。村越尚未判断出我丈夫有杀意,但他就是没来由地感到恐惧。村越恐怕一直在这种半信半疑间品尝着冷汗直冒的烦恼吧,没错。他万万没想到我丈夫真的会对他下杀手,因此直到最后他都没下定决心求救。

小提琴演奏结束了,九点的报时声响起时,我丈夫突然掏出手枪,击中了村越。他的速度一定很快,快到村越连发出呼叫声的工夫都没有。他是什么时候将子弹上膛的呢?没准从村越手中接过手枪时,他就在受害者眼前将子弹上膛,还展示给村越看了。再或者,他是瞒着对方悄悄地上膛的?是不是这样考虑更现实一些呢?不管是哪种,在开枪前子弹就已经上膛了。

村越倒地后，我丈夫擦掉了枪上的指纹，又把村越的手指按在上面，这样一来，枪上就只留下了村越的指纹。他把枪摆在尸体旁，然后用提前准备好的细铜丝在窗子的半月形金属扣一端缠了两圈，将铜丝的另一头从玻璃一角的小缺口那里伸到了窗外，静静地将窗户推了上去。接着，他将便携式磁带录音机的连接线从收音机上拔下来，把录音机夹在腋下，跳到了窗外。他从外面关上窗户，猛地一拽铜线，金属扣就能落锁。他肯定只用了一两分钟就完成了这一系列操作。

恐怕他从一开始就戴着手套呢吧，而且可能和村越一起听收音机时也没摘过。村越感到奇怪时，他是怎样解释的呢，一定很令人毛骨悚然。再或者，他只是沉默不语，脸上浮现出一丝冷笑。

仔细想来，从外面关窗时，肯定需要脚踏。正好村越房间窗外有个装苹果的大木箱，被人扔在那里风吹雨淋的，将它作为脚踏就能从窗户进出，拽铜丝时也能用上。最后，他确认窗户的金属扣已落锁后，便将铜丝拽了出来，又从绿篱的缺口那儿钻出去了。他急匆匆地走到大路边打了辆出租车回到家里，这就是整个案件从头至尾的顺序。

这个密室被明智先生轻而易举地识破了，要是普通人，可没那么容易识破。而且，普通人可能就相信村越是自杀的了。凶手在这里设下了同那个假人模特的诡计一样关键的机关，而明智先生则一上来就轻松地解开了这名凶手自以为最难解开的这个关键点，想以此来震慑凶手。这个密室和假人模特的铁丝孔是这两起犯罪中最后的也是最大的秘密，而名侦探先生却将最后的压轴好戏放在一开始就解开给我们看了。对于凶手而言，这无疑是始料未及的可怕打击。

那么，我丈夫从村越的公寓回来后，为了赶上八点四十分开始的收音机，必须现身于我家的客厅。按照常理来说，这完全是不可能办到的事。丈夫是听到九点的报时后开的枪，然后回到自己家，这个过程再快也要花费十五分钟，因此他到家时应是九点十五分。接下来他要换回先前的装扮，出现在客厅，这又要花两三分钟。除此之外还有件非做不可的事，要把做这件事的时间留出来。在广播开始之前多少要留出些富余的时间，怎么也得六七分钟。因此，当他现身于客厅，同我们打照面时，应该已是九点二十五分左右了。

不过，在我们家，接下来坂口的小提琴广播就要开始了，因此正确的时间九点二十五分在我家时必须是八点四十分才行。这里产生了四十五分钟的时间差。也就是说，我丈夫必须做一番手脚，使得在村越的公寓中八点四十分开始的小提琴广播，在我家是从九点二十五分开始。

犯人是如何战胜这种时间上的不可能的呢？要在收音机上动手脚并不难。我们在家很少听收音机这玩意儿，这对犯人来说是个便利条件。虽然女佣们有时会收听放在日式建筑那边茶室里的收音机，但那台收音机在案件发生的当天出了故障，从下午开始就没声音了。直到第二天上午收音机店家来修好它为止，一点儿声音都没出过。

而西式建筑客厅里的收音机已经有一个多礼拜没人听了。

为了坂口的小提琴演奏，才难得地决定听一次。因此，在这个时间点以前谁都不会按下它的开关，这一点我丈夫能确定。我不太喜欢收音机，庄司也从没碰过客厅里的收音机。因为这些缘故，我丈夫丝毫不必担心在收音机这件事上混淆时间会露出马脚。

我丈夫走院子回来，翻窗进了书房，在恢复原先的装束前先潜入黑着灯的客厅，将他带回来的磁带录音机放在了展示柜的深处，就在收音机后面的位置。那里有足够的空当来隐藏便携式录音机。这组西洋风格的展示柜是用柚木制成的大家伙，有搁板、有柜门，还有抽屉，整个柜身遍布着精致的雕刻。柜子的深度约有二尺五寸，放在中间那层搁板上的收音机是带电唱机的小型款，它背后也有足够的空当，或者它旁边摞着的唱片后面也有足够的空当来放录音机。

犯人将录音机藏好后又做了什么呢？我试着将自己想象成他来思考。

我丈夫对客厅内的一切都了如指掌，因此没必要开灯，只需一两分钟就能摸索着做完所有的准备工作。应该可以用电线将收音机和录音机连接在一起，使得人们在按下收音机开关的同时，背后的磁带录音机也开始播放。但这多少要费些工夫，事后拆卸起来也麻烦，因此我丈夫不会将它们连接在一起。其实只要他在坂口的广播开始时自己走过去按下收音机的开关，就能轻松地解决这个问题。这时，只开着昏暗的台灯就可以了，客厅里其他的灯都不用开。这样的灯光很适合听音乐，所以丝毫不会显得不自然。在这种昏暗的地方，丈夫背对着我们——这就意味着他可以用自己的身体挡住收音机那个位置——然后将手伸到收音机的后面去打开磁带录音机的开关。于是，磁带录音机里录的坂口的小提琴演奏就会响起，如同收音机播放的一般。或许音质会有些不好，但幸运的是，我们的耳朵对音乐并没那么敏锐。

这时，收音机的调节键不能不亮。为了蒙混过关，可以将调谐盘拨到一个收不到任何波长的位置，然后再打开收音机的开关。这样一来，收音机调节键的刻度就会啪地一下亮起来，魔眼①也会亮。虽说魔眼不可能完全不发出声音，但由于我们收听时离得较远，所以不可能连这么细微的声音都注意到。不管魔眼处于什么状态，只要我们能听到响亮的琴声，就没人会怀疑。再加上，聆听小提琴独奏之类的音乐时，大部分人都会放松地靠在扶手椅上，闭起眼睛。谁都不会盯着收音机调节键不放的。

就这样，我们听了二十分钟坂口的独奏，结束后又听到了九点的报时。没人想听之后的广播了，所以我丈夫站起身来走了过去，关掉收音机，同时也关上了磁带录音机。接着，在大家回到各自的房间后，我丈夫再返回黑着灯的客厅，取出展示柜深处的磁带录音机，将它放回书房柜子里原本的位置上。没错，顺序应该是这样。

这时，狡猾的犯人竟犯下了唯一一处疏漏，那就是他没注意到柜子的搁板上积着一层薄薄的灰尘。磁带录音机放在

---

① 魔眼，电眼，即光调谐指示器的商标名。

那里时，下方没积灰，出现了一块方形的分区，而我丈夫是在黑暗中摸索，终究还是没注意到这个细节。如果他将录音机一丝不差地放在那片没有灰尘的位置上，或许我就抓不住能进行此番推理的契机了。可放录音机的位置偏偏同灰尘留下的痕迹差了两寸，这才引起了我的怀疑。

这下子，在收音机这件事上，我丈夫已经战胜了时间上的不可能。然而，仅凭这一点，还无法克服所有时间上的不可能，因为我们家还有许多钟表。如果这些钟表与收音机的时间不一致，这个诡计就会功亏一篑。犯人是如何处理这件难上加难的麻烦事的呢？我仍将自己想象成犯人，站在他的立场上思考良久，于是得出了下面的结论。

我丈夫在村越的公寓听坂口的小提琴广播，准确的时间是八点四十分至九点。然后他立刻从窗户翻出来，再到翻进家里书房的窗户，假设这个过程花费了十五分钟。出租车行驶在路上的时间应该是五六分钟，但还要加上等候空车经过的时间、上车前和下车后的时间，差不多就要这么多了。接着他还必须将磁带录音机藏在客厅的展示柜深处，换回自己的装束，再表现出一副若无其事的样子，在广播开始前的三到五分钟走进书房。假设这些步骤花费了十分钟，那这样计算下来，无论他怎样争分夺秒，也只能在九点二十五分左右按下磁带录音机的开关。那么，二十分钟的广播结束时应是九点四十五分。

如此一来，由于真正的广播是从八点四十分至九点，所以为了使九点二十五分至九点四十五分的我们收听录音机的时间能与其吻合，我丈夫必须将家里所有的钟表都调慢四十五分钟。要想在不惊动任何人的情形下完成这项工作很难，甚至可以说是不可能的。但我丈夫这个人一定会调动他所有的智慧来完成这件事。

我们首先来思考一下外面的情况吧。如果从房子外面传来能报时的声音，比方说警报器啦，汽笛啦，之类的响声，那再怎么调慢家里的钟表都没意义，不过我家外面并没有这种会定时响起的声音。货郎的喇叭和铃声什么的，也因为我家太大，所以就算站在厨房都听不到。再有就是推销员，也没有一个人会在这个时间段登门。女佣等人外出时会看到街上的时钟，这个担心倒是有，但首先就可以排除这个可能性，因为没人会在傍晚五点以后再出去买东西。

说到访客的问题，我丈夫有个习惯，那就是除提前通过电话或信件预约的人以外，谁都不见。并且，那天他肯定安排好了，一个这样的预约都没有。公司里的青年职员们有时会来我家做客，但那天也没有人来。

那么，剩下的就是家里能显示时间的物品了，不过除了钟表，也就只有茶室里的收音机了。那天，我丈夫吃过午饭就出门了。所以他一定是在外出前偷偷溜进茶室，弄坏了收音机的真空管或连接线，总之就是破坏到外行修不了的程度，这对他来说并不难。

这样一来，剩下的就只有挂钟、座钟和家里人戴的手表了。但说起来也很幸运，那天傍晚到夜间，好多人都不在家。

我丈夫刚回来，富姨和寄食学生五郎就外出了，他们搭我家的汽车去了世田谷我哥哥那里送东西，所以司机也不在家。这是在前一天就定好的事情，因此我丈夫或许是故意选择这个地利人和的晚上动手的。黑岩经理在我丈夫刚一到家时，便回自己家去了，我的贴身女使小阿菊也因为母亲生病，回杂司谷的父母家去了。留在家里的只有庄司、另一名贴身女使、两名女佣、厨娘、守院老伯和司机的太太七个人，只庄司一人戴着手表。

先从座钟开始说，西式建筑的客厅、书房、我们的卧室、少年门房五郎的房间都各放着一台座钟，都是八天上一次发条。除卧室外，给其他房间里的座钟上发条是五郎的工作。卧室的座钟是由丈夫和我来上发条的，但我们常常忘记，钟不走的时候很多，时间也不准，所以这台座钟可以忽略不计。

日式建筑那边，客厅和茶室中摆着座钟，厨房里还有一台挂钟。不过，这几台钟表都是交给女佣们上发条的，所以时快时慢，非常不准。站在犯人的立场来思考，他可以这样做：在案件前一天的夜里或当天的早晨，提前将日式建筑里所有的钟表都调慢二十分钟左右。比如说将厨房的挂钟调慢二十分钟，将茶室的座钟调慢二十五分钟，稍差几分钟。这样做的话，到了当天傍晚，由于反正钟也不准，所以调慢二十五分钟，别人却以为是快了二十分钟，即使不再动什么手脚也会出现共计四十五分钟的时间差。女佣们绝不会总盯着时钟看，这样做完全可以蒙混过关。

西洋建筑里的钟表这样操作可行不通，因为五郎对时间非常敏感。我丈夫可能是趁午饭后到外出前的空当，将表调慢了十分钟左右。因为比起一次性将表调慢四十五分钟，这样做更安全。接着，在傍晚回家后，再将表调慢三十五分钟。因为这会儿是入浴、用餐的时间，用人们手忙脚乱的，我丈夫基本上不必担心会被人识破。如果他再小心些，也可以在这两个小时里，分两三次将钟表一点一点地调慢。

除了这些钟表外，还有三块手表必须要调慢。我丈夫自己的表、我的表，还有庄司的表。丈夫自己的表不成问题，我的手表也基本不戴，总是扔在桌子上，所以也不是什么难题。剩下的就只有庄司那块手表了，然而不可思议的是，他的那块表从案发当日的早晨开始就不走了。

这件事我后来才想明白。我知道，庄司说他的手表不知怎的出了故障，第二天还拿去钟表店修理了。这是偶发事件吗？在得知这件事时，我压根儿就没在意，但现在回想起来，我怀疑是犯人趁庄司洗澡或是干什么的空当，破坏了手表的机芯。要说是偶然的话，那未免也太凑巧了。

到这里，我终于厘清了思路：将家里的钟表全部调慢，并且在将近五个小时内，不能引起任何人的注意——这件难得吓人的工作并非无论如何都不可能完成。所以，真实的时间与我丈夫伪造的时间之间的关系应该如下表所示。我在别的纸上演算了许多次，终于得出了最为妥当的数字。

茶室的收音机和庄司的手表已被我丈夫提前弄坏了，日式建筑那边的三台钟表也被他在外出前调慢了二十分钟或二十五分钟。假设他在这里使了个小伎俩蒙混过关，也就是利用了大家都认为这三台钟表一到傍晚就会快二十分钟这一心理的话，那么，他在傍晚归家时必须得动手脚的钟表就只剩下西式建筑中的四台座钟，以及他和我的手表了。我丈夫是五点回到家的，泡了澡，吃了晚饭，七点时把自己关进了书房，他肯定是在这段时间内把这些钟表调慢的。

	我丈夫回到家	泡澡和用餐	我丈夫钻进书房	我送红茶	我丈夫从窗户翻了出去
真	时刻 5:00	5:00–7:45	7:45–8:15	8:15	8:20
伪	5:00	5:00–7:00	7:00–7:30	7:30	7:35

	我丈夫到达公寓	富余时间	在公寓听收音机	我丈夫翻窗户回到书房	富余时间	在客厅听录音机
真	8:35	五分钟	8:40–9:00	9:15	十分钟	9:25–9:45
伪	7:50	五分钟	7:55–8:15	8:30	十分钟	8:40–9:00

说是七点进的书房，但由于这是已被调慢后的时间，所以实际上应该是七点四十五分了。就像我在前面写的一样，假设他在外出前将表预先调慢了十分钟，那此时他只需再调慢三十五分钟就可以了。这个时候，大家都在为泡澡和晚餐的准备工作而忙碌，趁大家不注意将表调慢三十分钟左右，或许出人意料地简单。

七点过后，真实的时间与伪造的时间相差四十五分钟，就这样一直持续了下去。这张表中标记的"富余时间五分钟"是指我丈夫到达公寓后，将磁带录音机的连接线接在村越的收音机上，等待广播开始的时间；而后面这个"富余时间十分钟"则是指他回到家后，解除乔装打扮，将录音机藏在客厅展示柜深处,然后赶在我和庄司来之前坐在客厅等待我们的时间。

就这样,从八点四十分至九点,我丈夫在村越的公寓里收听了坂口的小提琴广播,然后他回到家,又从八点四十分至九点,再次收听了同一场广播,完成了这件本不可能做到的事。

后面这场伪造的广播,我家被调慢的钟表显示是从八点四十分开始的,但实际上我们是从九点二十五分开始收听的。接着,广播结束之后,我丈夫只要当晚趁机将西洋建筑里的四台座钟、他和我的手表再拨快四十五分钟,使时间恢复原样就好了。

想到这里,我大致厘清了姬田与村越案件的脉络。剩下的就只有村越的朋友——画家溺死一案了。在这个案件中,犯人似乎没使用任何诡计。或许是由于事态紧急,因此他没工夫提前想出诡计来。

关于画家一案,存在两种可能性。一种是我丈夫胁迫村越,于十二日晚(村越自己被杀的前一晚),趁画家在千住大桥边闲逛时,在没有行人来往的大型工厂后面将其推入河中,不过这一想象令人觉得十分牵强。因为强迫村越去做这样的事,会使村越感到自己也有可能被杀害,太冒险了。我丈夫应该仍是亲自前往千住,将画家推下河的。

我丈夫一定曾通过村越详细地了解过画家的情况,甚至没准都见过面。因此,如果他想动手,神不知鬼不觉地把画家骗出来,再将其带到其喜欢的千住大桥边,应该不是件难事。

那么,十二日那晚我丈夫是否有不在场证明呢?不可思议的是,那一天也十分凑巧,我家司机称自己腹痛请了假,我丈夫是自己开车出门的。他平日里就喜欢自己开车,甚至引以为傲。所以司机一有事,他就像准备好了似的,自己开车走了。这项爱好与魔术等喜好似乎有某种共通之处。

十二日晚,在柳桥的料亭^①有场宴会,我丈夫回家时已过午夜十二点。出人意料的是,我查看过地图后发现柳桥和千住大桥离得格外近,开车也就十五到二十分钟的距离。我丈夫有充裕的时间,在从宴会回家的途中绕到千住,达成他的目的后再回家。只要他预先将画家骗到千住大桥那里,或是他知道那晚画家恰好要去千住大桥边闲逛,那顶多花不到一个小时就能把画家干掉。从千住回家不用绕行柳桥,直接走青山就可以,因此不论是从柳桥还是从千住出发回家,花费的时间都差不太多。减去回家路程所花时间,他应该只用了三四十分钟就达成了目的。

写到这里,我基本上把我想到的全都记录下来了。或许在细节上还有几处遗漏,但我已经顾不得了,我太累了。

我接连写了很长时间。我是在明智先生前来拜访后的第二天,也就是十七日的早晨开始写这本日记的,然后虽然断断续续的,但我只要一有时间就会拼命写,现在已经是十八日晚上九点钟了。我花了整整两天时间,记满了日记本五十

---

① 料亭,提供日本传统料理的高级日式餐厅。

天的部分。由于这两天我丈夫都不在家,所以可以说时间是很充裕的,就连我自己都觉得不可思议,我竟记下了这么多内容。可以这样说,自打结婚以来,我还是头一次一口气写下这么长的文章呢。难不成我是被侦探的鬼魂附身了吗?于是那个鬼魂就让我写出了这篇文章?

我认为,除了身为大河原妻子的我以外,恐怕谁都做不出这番推理来了。我丈夫精通侦探小说与犯罪记录,还是名魔术爱好者。我也受到了他的影响,对这些手法很熟悉。再加上,作为他的妻子,我比任何人都更加了解他的性格和他对事物的思考方式。因此,应该也只有我才能理解他这些匪夷所思、孤注一掷的念头。

尽管如此,我仍觉得,这是何等胆大包天的障眼法啊。我丈夫将绝对不可能变为可能的这一意图,甚至反倒给人一种孩子气的感觉。作为一名企业家,再没有谁比他更现实了,而另一方面,为了平衡这一点,他又十分热爱侦探小说和魔术。在他这次的杀人行动中,也混杂着这两种截然不同的性格。他能在坚定不移地爱着我的同时,以钢铁般的意志除掉我的男性情人,由此可见他的现实;而思考出绝对不可能的诡计的这种孩子气,则是他作为魔术爱好者的性格体现。

然而,不知为什么,即使有这么多发现,我对丈夫却仍没产生任何恐惧或是憎恶的情绪。我反而对其钢铁般的意志感到敬畏,甚至对他的孩子气深有同感。我曾经爱过的男人被他杀死了,我正爱着的男人也被他杀死了,为何我感受不到愤怒?我压根儿就没有一丝怒意。这是因为我从未体会过世人所说的真爱吗？或许是因为我所具有的奇妙天性，我能同时爱着许多男子，其中最爱的是我丈夫，而那些青年男子嘛，我只不过是短暂地迷恋他们的肉体罢了。

到目前为止，我完全没有向别人倾诉我丈夫罪行的念头。我想的是，无论如何我都要站在他身边，对世人隐瞒真相。我比从前还要热烈地爱着通过这种不可思议的手段、以钢铁般的意志犯下令人憎恶的杀人罪行的丈夫。这是何等奇妙的心理呀。

毫无疑问，这些事即便是记在带锁的日记本里也依然很危险。我打算只要一有这样的担忧，就立刻烧毁这本日记。

总觉得还想写些什么，但我实在是太疲倦了。由于我不断急急忙忙地书写，中指上起了水泡，现在水泡破了，痛得写不了字。今天就到此为止吧。

防空洞

庄司武彦读完这本骇人听闻的日记后，深感事关重大，以至于他花了好几个小时也没拿定主意，自己该作何感受，该怎样处理这件事才好。他很怕见到由美子夫人。那日傍晚，分头外出的主人大河原氏和由美子夫人都会回来，因此晚餐时难免要同他们在餐桌旁碰面，不过武彦很想避开他们。于是他给寄食学生五郎留话，借口说自己有些私事要办就出门了，在附近徒然地徘徊。他用报纸将日记本裹了一层又一层，夹在腋下。因为这件东西哪怕只离手片刻工夫都十分危险。

漫无目的地走了会儿后，武彦不知不觉地来到了神宫外苑。此时已是日暮黄昏时分，在树荫下行走的人们看起来像是剪影一般。苑内的柏油路划出优美的曲线，武彦在路上走了一圈又一圈，仍然没有停下来的意思。太阳已经完全沉下去了，树荫下的路灯亮了起来，发出清冷的光辉。

武彦已经徘徊了近两个小时，但脑中荒谬的想法却越来越繁杂，他完全无法集中精力思考。要是尊重夫人的意愿，他就该对日记中所记录的真相守口如瓶，然而武彦却没那个胆量。一直以来他受到的教育都是要敬畏法律与道德，因此他没这么大勇气。武彦心想，自己必须得和别人商议一下才行，有个现成的人选，那就是明智小五郎。

身为私家侦探，明智肯定是站在法律那一方的，但他并不是法律的奴隶。他也不是警方的人。"他应该能给我一个合情合理的、最为妥当的解决方案吧。"武彦想，"为此就不能对他隐瞒日记前半部分所记录的由美子的男女关系一事，也不得不将我自己那羞于示人的情欲和盘托出，但考虑到这件事的严重程度，这也是没办法的事。"

武彦终于下定了决心，于是他打了辆出租车，匆匆赶往采女町的麹町公寓。此时已是七点三十分了，幸运的是明智正好在家，他即刻便被请入了那套大平层的待客室内。

武彦顾不得先作说明便打开了包在外面的报纸，将带锁的日记本递到明智面前，翻到五月五日那一页，说道：

"这是大河原夫人的日记，上面记录的内容事关重大，请您从这一页开始一直读到最后。"

"很长啊。我读日记时恐怕你会觉得无聊噢，在那边挑本书看吧。"

明智一面这样说着，一面找了个舒服的姿势坐在扶手椅上，开始阅读日记。

明智的目光扫视着日记的页面，武彦哪里还看得进去书，他目不转睛地观察着明智的神情。这时，侦探的助手少年小林过来送咖啡。武彦原本同这名讨人喜欢的少年很是聊得来，但今晚他唯恐打扰到明智，因此只是笑眯眯地看着少年微微颔首，并没说话。小林也是知道这起案件的，所以他怀着强烈的好奇心，注视了明智膝上翻开的日记片刻，然后什么都没说，就这样退出了房间。

日记看到一半时，明智将右手手指插进他那头乱发中，开始频繁地挠头。这是所谓的"名侦探的兴奋"。武彦在书上看到过这个场景，但今天还是头一次亲眼所见。平素，明智眼中总带着温和的笑意，但现在却射出了异常敏锐的精光。他的眼神中流露出惊骇，但与此同时，似乎还表现出几分不可捉摸的欢喜。

明智花大约半个钟头读完了日记。然后他拿起桌上的便笺和铅笔，飞快地从日记上抄了些东西下来，做完这件事后，他又恢复了笑容，笑眯眯地对武彦说道：

"我见这日记本的五金件歪歪扭扭的，就知道你没有钥匙，是硬把它撬开的。也就是说，你应该是瞒着由美子，偷偷把它拿出来看的吧？"

"是的。"

"你是如何得知有这本日记存在的？"

武彦向明智描述了一遍，前几天他突然闯入由美子的房间时，她慌慌张张地藏起日记的事。于是，明智的眼中又闪出了精光，手指向脑袋伸去。难道说他心里在打什么主意吗？

"还是把它放回原先的抽屉比较好。其实没必要这样做，不过，这样做是我们的礼节。"

后来，武彦回过头来想了想，才发现明智这段谜一样的发言实则包含着非常重要的含义。不过，此时武彦还没能参透明智的弦外之音。什么"没必要"啦，什么"我们的礼节"啦，尽管他不太理解这些词语的含义，但比起向明智问个清楚，他更在意的是该如何处理日记本被撬坏的锁这件事，他脑中只有这一件事。

"虽然这里歪歪扭扭的，但没有扭断的地方，所以只要把它弄直恢复原状就好了嘛。我来试试，你看好了。"

明智一下子就读懂了武彦的表情，这样说道。随后他走进旁边的书房，拿出一个小巧的万能木工工具箱。箱子里一应俱全，有小锯子、小锤子、小铁砧、斜刃小刀、钻头、锻工钳、钳子等等。拿出工具箱后，明智就像个金属手工艺人一般，在桌子上展开了工作。

名侦探那细长的手指活动起来灵巧得惊人。他先是用锻工钳用力扳直扭曲的部分，接着又把它放在铁砧上用小锤子叮叮咚咚地敲了一阵子，日记本上的锁便在不知不觉间恢复了原样。

"这样就可以了。虽然仔细看能看出来，但就算看出来了也没关系。悄悄地修好它再将它放回原处，这是我们的礼节，只要做到这一点就够了。"

明智又说起了武彦听不懂的话，同时将锁得好好的日记本递到武彦手中。

"那么，我就这样把它放回去，然后装作什么都不知道的样子吗？即使我什么都不做也没问题吗？"

武彦流露出困惑的神情，担心地询问道。

"你要假装自己压根儿就没读过这本日记。对你来说或许很困难，但你要竭尽全力这样做。接下来的一切交给我就好，我不会向警视厅透露半分的。后面的事由我亲自去办，因为我必须得抓住确凿的证据。尽管由美子的推理确实巧妙，但最终也不过是猜测罢了，没有任何确凿的证据。现在我还有体力，好久没尝过冒险的滋味了，真想试试呀。"

明智究竟要进行怎样的冒险呢？

"那么，我今晚就将这本日记放回夫人的桌子抽屉里，然后假装什么都不知道的样子。不知我能否顺利完成啊。"

"尽量演得逼真些哟。你同由美子的关系最好也能若无其事地保持下去。"

武彦羞红了脸。事关重大，他不知消失到哪里去了的羞耻心，这下子终于又回来了。

他离开明智的公寓，回到大河原家的宅邸时已是九点半左右了。接下来，他等主人夫妇刚一进卧室，就偷偷溜进了夫人的起居室，将日记本放回了原先的抽屉里。

翌日一天都平安无事地度过了，二十一号下午，由美子夫人来到了武彦的房间。她几乎从未这样做过，不过由于武彦从昨天起就刻意回避夫人，所以她没机会同武彦在其他的房间里碰面。幸运的是，主人外出时没带武彦一起去，夫人这才主动来找的他。

夫人悄无声息地关上门，走到武彦的书桌旁，目不转睛地俯视着他。

"我丈夫今天很晚才回家噢。"

说完这句话她便沉默不语了，武彦遐想联翩。她仍是那么美。现在武彦已对她的身体了如指掌，再看她的娇颜又和以前有所不同，那是种令人感到全身麻木的美。在这张绝美的面庞前，他已浑然忘我，逐渐陷入了毫无抵抗能力的状态。

"所以嘛，我想和你在外面见上一次。你懂我的意思吧？"

尽管夫人似乎尚未察觉，但对于已经读过那本日记的武彦来说，"在外面"这三个字伴随着复杂的联想，在他的情欲里注入了黏稠得犹如油一般的嫉妒，因此激发了他更为美妙的预想，甚至到了使他感到心痛的程度。

"傍晚五点，请在市谷站前等我。五点我会准时乘车从那儿经过，你上那辆车就可以了。然后我带你去个地方，怎么样？"

不用说，武彦一口便答应了下来。

于是，这天傍晚将近五点时，武彦便伫立在了市谷站的正前方，注视着眼前宽阔的马路。四周已经有些昏暗了，路灯的光芒显得越来越亮。

刚一到五点，便有辆出租车停在了他的面前。车门打开，由美子夫人正对他招着手。他立刻钻进车里，车开走了。

由美子穿着平时外出穿的服装，并没有像和姬田幽会时那样乔装打扮。二人并排坐在后座上，迫不及待地牵起了手。

"我们要去哪儿？"

"一会儿你就知道了，是个很棒的地方哟。"

车子驶入了原先的麴町区内，这个区包括了一番町至六番町这些地方。出租车开了五六分钟，由美子对司机说了句"就停在这儿吧"。于是，车子停住了，这个地方一侧是大宅子连绵不绝的垣墙，另一侧则是杂草丛生的空地。下车后，由美子便打发车子开走了。

原先的麴町区内有几片空地，由于土地所有人不愿转让，仍保持着战争受灾时的样子。这里大概就是其中一处，被杂草覆盖的地面十分宽阔，目测约有五百坪那么大，空地中央还残留着一座砖房的断壁残垣，同废墟别无二致。

"往这边走哦。"

由美子带头走进了那片空地。空地四周围着铁丝网，但有一处破了个大洞，任谁都能进出。

附近已陷入了漆黑，由于现在是冬天，草全都枯萎了，所以倒没没过膝盖，不过即便如此，在黑暗的草地上行走还是令武彦感到有些毛骨悚然。身为大河原夫人，却对这种不同寻常的地方轻车熟路，实在是太蹊跷了。尽管如此，武彦仍感到很好奇，由美子究竟要把他带到这一大片草地的哪里去呢？

"在那座砖房下面有个防空洞哦。是个水泥防空洞，相当宽敞。我前几天路过这里时，仔细勘察过了。"

这位美丽的可人儿是个怎样的冒险夫人、猎奇夫人啊！她不停地在东京市内巡视，难道就是为了寻找这些奇妙的幽会场所吗？

二人来到了空地中央，即使是在夜里也能看到，草丛中有个黑幽幽的洞穴，张着巨口。

"就是这儿。我准备了手电筒，没事的。你害怕吗？"

武彦倒不觉得害怕，但他感到有些不自在。再加上这地方太过诡异，不符合武彦的喜好。然而，站在那儿的可是那位美艳的由美子夫人。这幅阴森而凄惨的背景配上如此美人，似乎在明治时代的浮世绘画师笔下曾有过这样的题材。不，比起浮世绘，说是泉镜花笔下的世界或许更合适。

这些联想勾起了武彦的猎奇心，渐渐地，他对这个不可思议的幽会地点开始感兴趣了。一种不同寻常的情欲涌上了他的心头。

"被远处的人看到可就麻烦了，我们进去后再打开手电筒吧。"

二人手拉着手，沿着漆黑洞穴中的水泥台阶向下走去。台阶上覆盖着泥土和杂草，脚下滑溜溜的。他们小心翼翼地沿着台阶向下走，但就在只剩最后两三个台阶的地方，武彦还是一屁股摔在了地上。由美子叫了声"哎呀"，想抱住武彦，也被他带倒在了地上。

他们二人没有起身，互相拥抱在一起。由美子柔弱的双臂拼命箍住了武彦。武彦也用力将她柔软的身躯抱在怀里，不觉间，他们的嘴唇在黑暗中贴在了一起。武彦沉溺在由美子特有的香气里。二人鼻中喷出急促的气息，拂过彼此脸上的汗毛，弄得周围的皮肤既甜蜜又酥痒。

防空洞的中央上下左右都是用水泥砌成的，形成了一个约莫三叠大的房间。不知是不是因为高台排水好的缘故，水泥地面干燥得很，完全不像武彦想象的那种潮乎乎的感觉。今天在十二月中算是比较暖和一天了，而地下的防空洞比普通的室内还要暖和几分。

在这水泥房间内的几十分钟里，庄司武彦经历了不可思议的爱欲，超乎他的想象。素来胆大妄为的由美子更是摇身一变，看起来像是幻化成了神秘的梦幻世界的女妖一般。二人远远地脱离了这个时代，游荡在古代传说的虚构世界里，仿佛退化成了黑暗洞穴中的原始人男女。

在进入防空洞中央的房间时，由美子曾打开过一次手电筒，但随即便关上了。弯弯曲曲的水泥墙壁隔绝了外部的光线和声音，武彦身处黑暗的小天地中，仿佛被黑色的天鹅绒包裹住了似的。这短短的数十分钟于他而言，简直能够匹敌整整一生的时间。他像是在这里出生，又在这里死去，尽情体验着超乎想象的爱欲的神秘。

在这片黑暗中，由美子像一条洁白而滑腻的巨蛇。这条蛇浑身散发着不可思议的香气，缠绕着他的身体，包裹着他，紧紧地勒住了他，于是，武彦的血液渐渐停止了循环，甚至连意识都快要丧失了。

精疲力竭的武彦一丝不挂地躺在那儿,他感到有种细细的东西猛地勒进了他的肉里,像根纤细的皮鞭抽打着他的身体。他的双手被扭到了身后,双腿的脚腕子和膝盖处都感到了尖锐的疼痛。

那不是绳子,而是具有柔韧感的、像纤细的铁丝一样的东西。它在武彦的双手和双腿上缠绕了一圈又一圈,武彦感觉只要自己稍微动下身子,它就在肉里嵌得更深。

武彦已经累得连喘气的劲儿都没有了,所以他虽然在恍惚间意识到了这件事,但并没有抵抗。他连半分想要抵抗的念头都没有。

半昏半醒间,武彦觉得由美子的体温和香气离开了他的身边,不知去哪里了。尽管周围一片漆黑,但通过空气微弱的流动他能感知到这些。武彦以为她绑住自己使自己动弹不得,又抛下自己离去了,但奇怪的是,他并没感到任何的不安。

不多时,体温和香气又回到了他身旁。事后再回想,这时由美子应该是去防空洞两边的出入口确认附近有没有人了。

武彦感到由美子的体温、滑腻的肌肤和香气紧紧贴在他的后背上,她那柔软的双臂缠绕住他的脖颈。武彦仍在回味被她包裹住的快感,这种感觉还没从他心头散去,但细铁丝勒进他双手手腕和双腿的肉中所带来的尖锐的压迫感干扰了他的感觉。他想请由美子解开他身上的束缚。

"你把我绑起来了吧。为什么要绑?"

武彦用困倦的声音询问道。

"因为绑起来有意思呀。只要我不给你解开,你自己是绝对脱不了身的。我觉得这很有趣噢。"

"为什么?"

"不为什么。"

武彦沉默了片刻,又开口道:

"我累了,我想离开这里。"

"你没办法离开了……永远。"

武彦的大脑一片混沌,他觉得哪里有些不对劲,但却理解不了由美子的意思。

"永远吗?"

"是的噢。"

"为什么?"

"为了让你永远属于我呀。"

"你要做什么?"

"我要这样做噢。"

她柔软的双臂猛地勒住了武彦的咽喉,武彦呼吸不了了。这样的刺激终于令他恢复了清醒,并使他感到事情越发荒诞、难以理解。好不容易由美子松开了双臂,武彦这才得以说出话来。

"请把这个解开,我想快点离开这里。"

"出不去的……你自己解不开,也没法反抗我。你知道这条金属丝是什么吗？是铜丝哟，和那条铜丝是一样的哟。"

武彦已经完全恢复了思考能力，他感到一阵莫可名状的恐惧。因为他马上就理解了"和那条铜丝是一样的"意味着什么，意思是说和神南庄村越房间那条动了手脚、做出密室的铜丝是一样的。可由美子为何要这样说呢？她在暗示什么？武彦还未能理解她的意图。

由美子在他耳旁低声细语，他感到耳朵一阵发痒。

"那本日记你拿给明智先生看了吧。你应该是拿给他看了。说，是不是？"

武彦顿时一惊，现在他恢复了一些体力，起码有力气感到吃惊了。尽管在黑暗中看不见对方的脸，但武彦觉得由美子不是平时那个由美子了，而是一个妖怪。我现在可能正在做噩梦呢，武彦这样想道。

"给他看了吧？"

武彦说不出话来，只能微微点了点头。因为由美子的胳膊正缠绕在他的脖子上，所以她应该也明白他的意思。

"那就好。我就知道，你肯定会这样做的。这样就可以了。"

由美子一边低语，一边又用力收紧了她的胳膊。武彦感到头部一跳一跳地疼，呼吸也逐渐困难起来。然而武彦却没反抗。不仅因为手脚被绑住，即使想反抗也反抗不了，而且因为他压根儿就不想反抗。他想，被由美子杀死也挺好，甚至觉得死在她手里十分愉悦。

紧接着，由美子松开了胳膊，从她带有香气的双唇中呼出的温热气息微微拂动着武彦脸颊上的汗毛，她喃喃道：

"即使是死也可以吗？"

武彦仍没有说话，只是点了点头。

"你是多么可爱的人儿呀，所以我不想让你活着。我想吃掉你。我要让你完完全全属于我。"

这些话如同甜蜜的音乐，武彦听得出了神。

"在鱼见崎的悬崖上我没能得到满足，在神南庄也一样。可今晚不同，我们有充裕的时间……我这样做，你可高兴？"

接着，她那柔软的胳膊第三次勒紧了武彦的脖子。武彦在窒息中感到愕然不已。"鱼见崎""神南庄"究竟是什么意思？你在那些地方做了什么？然而，武彦已经没法再开口问她了。他的脑子里开始响起如同海啸般恐怖的轰隆声，在他的眼皮下面，像万花筒一样五颜六色的花朵不断绽放又消失，美得莫可名状。

幻戏

由美子用裸露的双臂勒紧了爱人的喉颈，武彦凸起的喉结陷进了她胳膊上的肉里，男人下巴上刚刮过不久的胡茬扎得她皮肤一阵刺痛。由美子很清楚，现在男人的脸已经充血肿胀了，而他身上那令她迷恋的气味更加强烈地散发出来。由美子的胸部和腹部紧紧地压在男人的后背和他被绑在身后的双臂上。

　　就在此时，她感到自己的后背有另一种异样的触感，是种柔滑而温暖的肌肤触感，像天鹅绒似的，并且从背后传来了别人身上的气味。

　　由美子沉浸在她自己的愉悦中，因此没有余力去思考这意味着什么。她以为自己后背那种不可思议的触感是接触到武彦身体后的反应。然而，那温暖的天鹅绒就好像拥有自己的意志一般，任性地动来动去。

　　温暖的天鹅绒手臂箍住了由美子的脖子，另一条相同的手臂则一下子掰开了她勒在武彦脖颈上的手臂。天鹅绒手臂有着钢铁一般的力量。

　　由美子感到不寒而栗，因为她意识到了，在她身后还躺着一个人。那个人天鹅绒般的身体紧挨着她的后背和臀部。

她试图反抗,但很快便发现这完全是白费力气。那只皮肤光滑如天鹅绒般的铁臂摆弄起她来,就像摆弄孩子般随心所欲。不觉间,由美子从武彦身上被拉开,被摁倒在水泥地上。

"你是谁?"

由美子绝望地低声问道。因为她突然想到,难道说这个人是她的丈夫大河原义明吗?

"以这种姿态被人看到你也觉得很可耻吧?你的衣服在这儿,在我打开手电筒前用它遮住身体。"

不是丈夫的声音,但她记得在哪里听过这个声音。

"你是谁?"

由美子坐在水泥地上,用被扔过来的衣物盖住身体,与此同时再次开口询问道。

于是,手电筒"啪"地一下被打开了,光线射向洞顶。即便如此,对适应了黑暗的眼睛来说,还是太晃眼了。

在洞顶反射回来的微弱光线下,站着一个从头到脚一身黑的人。他穿着紧紧包裹住身体、勾勒出身体曲线的黑色天鹅绒上衣和裤子,戴着黑色手套,穿着黑色的鞋子,头部也紧紧地包裹着天鹅绒面罩,面罩上只有双眼和嘴巴的位置开了三个小洞。他是个身材瘦高的男人,像个杂技演员。

"这下你该明白了吧?你们乘坐的那辆出租车是我开来的。你们刚一下车,我就把车停在了附近的街道边,脱下司机的衣服,换上这身装束,然后进入了防空洞。你刚才去两边的出入口确认外面有没有人来着吧？那时我就在那边墙壁外侧的角落里，躺平了隐藏自己。我穿着一身黑，还擅长隐身术，所以你一点儿也没察觉。

"因此，你们的谈话我从头至尾都听到了。尽管这里伸手不见五指，但听声音还是听得很清楚的。对我而言，这个过程非常痛苦，就连告诉你这件事都令我感到极其不快。你也觉得难堪吧，我也觉得非常难堪。不过，这是为了救人性命，不得已做的坏事。在侦探的工作中，这是最难受的部分。"

由美子已经知道对方是谁了。站在那儿的不可思议的男人正是明智小五郎。还以为他是个"安乐椅侦探"，没想到已经年过五十的他还会进行这种乔装打扮，还会来冒险，由美子不由得产生了一种异样的感觉。真是令她始料未及。刚才那只天鹅绒手臂如同钢铁般的力量仍残留在她的脖颈和胳膊上。她不是没听说过，明智是个臂力过人的冒险家这件事，但她不知道，他竟还是个如此果断的实干家。她错算了这一点。他身上居然还保留着化装成出租车司机这样的孩子气。

明智一身黑色天鹅绒打扮的瘦高身姿看起来十分伟岸。由美子为自己曾低估了这个人而感到懊悔不已，也为自己曾试图用女人的小聪明愚弄这个人而感到羞愧难当。由美子险些将嘴唇咬破，她凝视着对方一身黑的瘦高身姿，竟觉得很美。在她眼中，他是个无论是力气还是智慧都远超过她的人物。

"我是明智。你认识我吧？我一直想和你好好聊一聊，今天终于有机会了。从一般意义上来讲，这里不是个适合长谈的地方。不过对我们而言，这地狱般黑暗的地方却正合适。你不这样想吗……庄司君，你这样很难受吧？我先给你把铜丝解开再说吧。"

明智为赤裸着身子躺在地上的武彦解开了双手和双腿上的铜丝，又帮他穿上了扔在地上的衣服。在做这些事的同时，他的目光没离开由美子片刻，生怕这个女人会自杀，他认为或许她在什么地方藏了毒药也说不定。然而，她丝毫没流露出想这样做的样子，甚至看起来有种若无其事、从容不迫的感觉。

"你怎么知道我会出门？还知道我会打出租车的？"

由美子已经下定了决心，她很快便预计到了最坏的结果，因此反而恢复了冷静。她甚至想要尽可能地拖延同名侦探的谈话。即便是在这样的情况下，她仍觉得同这位出色的男性交谈是件愉快的事，或许她早就爱上了明智。

"因为我看了那本日记啊，你为了让我读那本日记故意让庄司君把它偷出来。你设了个套让他去偷，可这一步你失策了，你不该让我看的，应该拿给更多的人看。这样做的话，你的计划没准就成功了。"

"我懂了。我终于明白了，这些不过是女人的小聪明罢了。"

"武彦让我读了那本日记，由此我推测，很快便会发生第四、第五起杀人案件。因此我决定进行一次久违的冒险活动。我潜入了你家的宅邸，昼夜监视大河原和你的行动。自我年轻时起，我就习惯做这样的事了。我使用了过去曾用过的隐身术，还乔装打扮了一番。对了，我还收买了女佣等人助我一臂之力。我动用了所有手段，迅速打点好了一切。然后我就密切地观察着你们二人的动向。

"今天过了中午，你去庄司君的房间和他约好在市谷站碰头。那时我就在窗外，全都听见了。我是收买了看守庭院的弥七爷爷，打扮成园艺师的样子混进庭院里来的。

"我知道你不会用自家的车，也不会去雇车，我想你肯定会打一辆路过的陌生出租车。因此我便借来一辆出租车，打扮成司机的样子，停在了大街上。因为还会有其他的出租车驶过，所以我不知道你会不会上我的车。不过我有信心，一定能让你坐上我的车。

"在扑克牌魔术中，有一种技巧叫作'驱使'。将一摞扑克牌背面朝上，捻开呈扇形，举到观众面前，告诉他们可以随意抽取自己喜欢的那张牌，但实际上，是魔术师通过'驱使'技巧，让观众抽取他想让人抽的那张牌。这一技巧能运用在各种各样的场合中，让人从若干辆出租车中选中自己的车的场合，也能充分利用这一技巧。车的外观、司机的服装、车的位置等要迎合乘车人的心理。在某些情况下，还必须得敏捷地将车子开来开去。不能让对方察觉自己的目的，还不得不引起对方的注意。如果对方的心机比我的手段还要深，故意选择自己最不喜欢的那辆车的场合就要另说了，但你的心机并没那么深，所以中了我的技巧的圈套。"

立在地上的手电筒照射在深灰色的水泥洞顶上。三人虽然身在漏斗形的光束外，但借由反射光能清楚地分辨出彼此的脸。明智仍保持一身黑的姿态，但他已经取下包着头部的面罩，露出了他那棱角分明、瘦长白皙的脸还有那头半白的乱发，坐在了那里，包裹在黑色天鹅绒下的双腿显得十分修长。由美子勉强套上了衣服，也坐了下来。武彦也穿上了裤子，披着上衣，神色不安地蹲在那儿。这时，明智又继续说道：

"庄司君，你刚才是心甘情愿地赴死。或许你认为自己被杀死也没关系，但我却不能见死不救。我不明白，为什么非要杀掉你不可。或许是因为你读过那本日记，从表面上看，这样的动机也是有可能存在的，由美子是为了保住丈夫大河原的秘密。然而，看过那本日记的不止你一个人，我也看了。即使杀死你一人，也无法完全守住秘密。

"由美子，我在读那本日记时就已经想通了所有的事。当然了，从一开始我就对你抱有强烈的怀疑。曾经有一次我去你家拜访，只告知了你们我手中的信息，却没询问任何问题就走了。那次我一边说话，一边仔细地观察了大河原与你的表情。然后我产生了一种强烈的感觉，那就是如果你们二人中有一方是犯人，那肯定不是大河原，而是你。

"同时，那次拜访也是我诱使犯人匆忙进行下一次犯罪的手段。犯人的两大诡计已经全都被我识破了，这对犯人来说是一种威胁。就像我预计的那样，那次拜访很有成效，你不得不匆忙地写下那本日记。并且你假装想藏起它，其实是故意让庄司君看见的。

"那本日记写得着实不错,你的智慧险些骗过了我。而且日记中记录的全都是事实,不是虚构的荒诞故事。三名男子的确被杀害了,并且犯人为了使自己不受到任何怀疑,设下了极为复杂、巧妙的诡计。乍一看,这似乎是男性的头脑思考出来的计划,令人感觉女性是无论如何也想不出来的。因此,我还一度怀疑过大河原先生,为此我才进行了那次拜访。但我仔细观察过大河原的性格之后有种感觉,那就是怎么看也不像是他干的。

"大河原是侦探小说爱好者、犯罪史研究者,同时还是业余魔术大家。这几起犯罪中的诡计,看起来就像是为他这样的人量身定做的一样。然而仔细想想,就会发现这其实并不符合他的性格。大河原喜欢阅读和研究这方面的书籍,他只是单纯地将这些作为一种消遣。把它们带到现实生活中来几乎是不可能办到的事。我和他交谈后就明确了这一点,大河原是个在常识上没有欠缺的、纯粹的现实主义者。正因为如此,他才需要侦探小说与犯罪史作为消遣。

"当时我也仔细地观察了你,从你的只言片语、笑的方式、手部动作等细节上嗅到了某种不同寻常的气味。像我一样常年接触大量罪犯的人能察觉到这些。大河原对我丝毫没有畏惧之情,但你却害怕我。你还巧妙地装出一副若无其事的模样,女人可真是擅长表演啊。但我一下便捕捉到了,在你的内心深处隐藏着强烈的恐惧。

"读完那本日记我不由得发出感叹,不仅诡计本身精密而巧妙,并且只有大河原一人具有强烈的动机,你每次犯罪还要费尽心思，使大河原的不在场证明不成立。这需要双倍的智慧，你出色地完成了这些。只要是读过那本日记的人，任谁都会怀疑大河原犯了罪吧。因为大河原有百分之二百的动机，那就是要报夺妻之仇。与此相反，人们想象不到你有任何动机，因此你不会受到一点怀疑。

"根据日记中的文章所说，在姬田君一案中你推理的出发点是你和大河原二人在看双筒望远镜时，大河原将手帕掉落在窗外这件事。如果那条手帕是大河原故意弄掉的，你的推理就是正确的，但我想，应该还有别的可能性吧？比如说，大河原擦拭完双筒望远镜的镜头，正要将手帕塞回和服袖兜里时，紧挨他站着的你偷偷地用手指勾了一下手帕，使它从大河原手中滑落，如果是这样的话又如何呢？大河原肯定以为是自己不小心弄掉了手帕，一般情况下，谁能想到是你动了动手指，故意使手帕掉下去的啊。

"如果故意弄掉手帕的人是你，关于谁是犯人的推测就要彻底逆转了。大河原不是犯人，你才是。我以此为出发点一丝不苟地读完了日记，逐个比对犯罪细节，结果我才发现，这些犯罪行为与你完全吻合。

"假设操纵假人模特从鱼见崎悬崖摔下去的工作是你指使村越君干的，而不是大河原，这样推测也丝毫没有牵强附会之感。姬田君曾是村越君的情敌。由于村越君迷恋你到了无以复加的地步，所以要是你求他和你一同谋划除掉姬田君，他应该会欣然同意的。你对男性是有这样巨大的影响力的。方才这位庄司君也满怀欣喜地想死在你手下，你不会不明白这一点吧。

"你说那天在看双筒望远镜前,自己一直待在家里,有不在场证明,对吧?你是在暗示,大河原从高尔夫球场独自驾车回家,所以他可以顺道去鱼见崎,将姬田君推下悬崖,而你一直待在家里,所以不可能办到这件事。你的不在场证明就是你弹钢琴的声音,庄司君一直都能听见钢琴声,他就是证人。然而,在此期间,谁都没进过你二楼的房间,恐怕就连房间门都是锁着的吧。我打听过了,得知在热海的别墅中也放着一台磁带录音机。只要使用大容量的磁带,即使房间里没人也能播放近一小时的钢琴演奏,这并非难事。在这两起案件中,磁带录音机这件物品被利用得很充分啊。

"你穿上了提前预备好的你丈夫的西服,披上了那件深灰色的外套,还戴上了深灰色的呢帽,由二楼的窗户爬出去,沿着屋顶下到后院,再从位于后院深处的栅栏门那里溜了出去。接着,你走林中小路到达了鱼见崎。姬田君遵守着同你幽会的约定,早早地就在那棵松树下面等着你了。在那里,恐怕你免不了又好好疼爱了他一番。对这种胆大妄为、令人兴奋不已的冒险,你乐在其中,根本就控制不住自己。喂,是这样吧?"

由美子目不转睛地注视着明智的脸,听他说话听得入了神。对于这种令人难堪的质问,她也毫不犹豫地点头表示认同。

"欢爱结束后,你就把他推下悬崖了。由于姬田君完全预料不到会发生这种情况,所以你应该有许多可乘之机吧。

轻而易举地达到目的后，你走小路迅速回到别墅，用和溜出去时相同的方法进入了二楼的房间，换回原先的装束，关掉录音机，接下来真的弹起琴来。紧接着，大河原回来了，你们一起看双筒望远镜，看到假人坠崖，顺序应该就是这样。

"村越君的案件也不用说，比起你丈夫，将你推定为犯人情况会更加吻合。让村越君搬到更方便下手的神南庄的人，是你；让他把手枪弄到手的人，也是你。无论多么不合情理的事，只要是你的请求，村越君都会立刻同意吧。

"那天，大河原七点左右就钻进了书房。七点半，你去给他送了茶。这之后的一段时间，直到在客厅听收音机为止，大河原都没有不在场证明。不过，没有不在场证明的可不止大河原一个人，你自己在这段时间内也没有不在场证明。虽然你说你一直待在自己的房间里，但你可以从窗户进出，在这一点上你和大河原是一样的，完全是自由的。

"接下来，你和村越君在神南庄一起听了二十分钟的广播。那个时候，在小提琴优美音色的伴奏下，你应该也好好地疼爱了村越君一番吧。小提琴广播这个东西具有双重的利用价值，不是吗？既能成为你的不在场证明，又能充当欢爱的伴奏曲。然后，在小提琴演奏结束时，一听到九点钟的报时，欢爱也瞬间停止，你摇身一变成了杀人魔，突然瞄准村越君的胸口开了枪。

"这之后的事和你在日记中记录的一样，只需将大河原替换为你就可以了。当然，将若干台钟表调慢的事，你也能轻而易举地办到。日记中还记录了那晚详细的时间表吧，那根本就是你这个犯人自己在策划这起杀人案时，修正了无数次才做出来的时间表。因此，将它写进日记里也不是什么难事。

"而第三起，画家赞岐被杀案也同样出自你手。你通过村越君了解了他的动向。你是在干掉村越君的前一天干掉他的，应该是找了个由头，让村越君邀请他出来的。我想，时间应该要比大河原从柳桥的宴会回家时早不少。千住大桥旁工厂后的河边，日落后就没有行人来往了，是个僻静无人的场所，因此你不必等到夜深就可以下手。

"就这样，我逐一研究了案件中所有的细节，终于确认了这一点，那就是将你推定为犯人是完全吻合的。不过，这还只是可能性，我必须得抓住确凿的证据才行。此外我还考虑到，如果你是犯人的话，恐怕还会继续杀人，我必须得提防这件事。于是就像我刚才说的一样，我这才决定进行一次久违的冒险。

"然后就在今天，我抓住了确凿的证据。你试图杀害庄司君时，无意中说出了许多重要的事，虽然听起来很令人费解。你应该是觉得对将死之人无论说什么都不碍事吧。然而，我就在一墙之隔的地方，把你的话听了个一清二楚。这就坐实了我的判断没错，你就是犯人。

"不过，还有一个人物正暴露在危险之中，那就是你的丈夫大河原先生。使我感到不安的仍是那本日记。你利用庄司君让我读完了日记，愚蠢地认为我会顺理成章地相信日记所说。你在犯罪中建立了一套十分严密的构思，不过仔细推敲一下，就会发现从头至尾都流露着孩子气。有些地方其实超过了实际需要，有种只是在单纯地享受诡计的乐趣的感觉。日记也给人同样的感觉，你自己被那些构思蛊惑了，还盲目相信我会顺理成章地接受日记里的那套说辞。你在诡计中迷失了自我。

"不过，你把日记拿给我看是很冒险的。你不得不考虑到一个问题，那就是拿给我看就相当于拿给警察看了。于是大河原就会接受警方讯问，恐怕还得和你对质。这么一来就很容易暴露事情的真相。说到一些只有夫妻间才知道的细节时，伪造的诡计之类的东西立刻就会被推翻。因此我十分担忧。你不可能不知道这一点，尽管你知道有危险，却还是让我看了日记，这是为什么呢？答案只有一个，那就是你决定要在大河原还没接受调查以前就杀了他。除此之外我想不出还有其他任何可能。而我担心的就是这一点。

"日记证明了大河原就是犯人。而另一方面，为了使这个证明不被推翻，你必须除掉大河原。满足这两项条件的方法最终只有一个，也就是说，大河原不得不'自杀'。这样一来日记才能起作用。我们这样来假设一下，他的罪行被你识破了，这件事还被泄露了出去，大河原先生这种身份的人，就算选择自杀也一点儿都不奇怪。而且，如果大河原'自杀'，你不仅永远地安全了，大河原家的巨额资产也会成为你的囊中之物。这是多么有利于你的计划啊。

"不过，如果你置之不顾的话，压根儿就不是犯人的大河原不可能会自杀。你必须让他'自杀'。也就是说，你不得不对他痛下杀手，再制造出他是自杀的假象。你肯定已经打定主意要这样做了。并且，你肯定打定主意就连杀害庄司君的罪行都要嫁祸给大河原。由于庄司君同你偷情，所以大河原完全有这个动机。比起庄司君，我更担心大河原，这才乔装打扮潜入你家宅邸的。于是，我才来得及阻止今夜的悲剧发生。"

由美子一语不发地盯着明智那一张一合、轮廓优美的嘴唇，听得如痴如醉。她承认了一切罪行，对彻底看透她内心的明智的睿智充满敬畏，她为这个人物所倾倒，甚至看上去对他产生了强烈的爱慕之情。

"大河原先生今天自己开车外出了，你没放过这个机会。你也知道他晚上要出席宴会，因此他在回家途中顺道来这个防空洞并杀害庄司君的设想就能成立，恐怕大河原是拿不出不在场证明的。要使庄司君的死亡时间和大河原回家路上的时间完全吻合是不可能办到的，但明天或后天尸体被发现时，对死亡时间的判断不可能做到很精确，因此你并不担心一小时左右的时间差会被识破。再加上，你只要在这个防空洞留下一件大河原的私人小物品，就更加无懈可击了。

"然而，即便是在这样的情况下，一旦大河原接受讯问，事态就会恶化。因为他不是真正的犯人，说不准他会怎样为自己辩解。因此，你得让他在接受讯问前'自杀'。你应该已经想好了用哪种方法吧，虽然我猜不出来，不过最简单的方法就是毒杀喽。只要在你每天晚上都送到丈夫书房的红茶中投毒就可以了。然后你看准丈夫咽了气，用小刀撬开日记本上的锁，翻到证明大河原罪行的那一页，再把它扔在尸体旁边的书桌上就可以了。日记本作为大河原无声的自白，成了他自杀的说明。也就是说，这样就能制造出假象，是大河原发现了那本日记，在撬开锁读完后，感到自己已无路可逃，便自杀了。

"由美子，我说了这么多，你有什么要订正的地方吗？"

由美子出神地凝视着明智的脸庞，像个孩子一样乖乖点了点头。然后不知道为何，她微微地笑了笑。

武彦也瞪大了双眼注视着明智。应该怎样思考才好，应该说什么才好，他完全没有一点头绪。不过，他对由美子的爱丝毫没有改变。在他心里有个不可思议的念头若隐若现，他甚至想杀了明智，然后和由美子两个人一起远走高飞。他更想和由美子互相拥抱着死去。然而他压根儿就没有将这些想法变为实际行动的气力。

"由美子，你构思的诡计还很稚气呢。只有受到大河原侦探爱好和魔术爱好的影响，沉迷于阅读他那些大量藏书的人，才能想出这种充满孩子气的诡计。"

明智稍做停顿，又继续说道：

"不过嘛，自古以来的罪犯就算有智慧，也常常是愚蠢的小聪明。可以说这是罪犯的幼稚之处。但是你构思出的诡计在这种愚蠢的小聪明中堪称优秀，就连我都难得遇到如此棘手的诡计呢。

"犯人用双筒望远镜亲眼目击自己的罪行；同一场收音机广播间隔四十五分钟后又在另一个地方收听。这两件事都是完全不可能办到的事。因此你认为犯人是绝对安全的,不可能暴露。不仅如此,你还没有任何动机,只有大河原才有强烈的动机。而且在你巧妙的策划下,不论哪起杀人案件,将大河原推定为凶手都没有不对劲的地方,每起案件都由两重甚至三重诡计构成。我要对你这愚蠢的小聪明脱帽以示敬意。就在刚才,我的脑海中突然浮现出一个中国的词语——'幻戏'[1]。你为我们编造了一场幻戏,你是这世上屈指可数的出色的魔术师。

"你没有任何动机。在村越君一案中,倒也不是不能这样解释:由于他是共犯,你害怕他将秘密泄露出去,所以将他杀害。但以村越君的性格,应该是不会泄露秘密的。因此,在村越君一案中你也可以说是几乎没有任何动机的。这样一来,你就是在不断地进行无动机的杀人。只有这一点我至今没想明白,因此我甘拜下风,想请你为我解惑。

"我在漫长的侦探生涯期间,还从未遇到过无动机连环杀人这种不寻常的事件呢。或许你具有不同寻常的性格。不过,你当然不是疯子。是不是你身上还隐藏着什么谁都没想到的不可思议的动机?由美子,我想听听你的动机究竟是什么,我想听听你真实的想法。"

---

[1] 幻戏,中国古代的传统魔术。

女妖

十年来不知空袭滋味的防空洞与土墙仓库、地下室截然不同,给人一种天然洞穴的感觉。立在地上的手电筒发出的呈漏斗形的光束照射着水泥洞顶,在微弱的反射光下,三名男女有人蹲坐着、有人蜷缩着身体将头埋在双腿间,都是平常在房间里不可能看到的怪异姿势。

由美子老老实实地接受了明智对她的指控,丝毫没有要反驳的意思。美丽的野兽似乎爱上了这位名侦探,她流露出娇羞的神色,虽一语不发,但却妩媚动人。

"三次杀人,两次杀人未遂。你从小便是贵族家的大小姐,现在又身为名门贵族的贵夫人,过着称心如意的生活,为什么要去做这种无法无天的事呢?我想听你亲口告诉我,你的犯罪动机是什么。这是个奇特的场所,不过或许反而更适合我们进行这样的交谈。"

隔着漏斗形的光幕,明智与由美子的脸看起来朦朦胧胧的,二人四目相对。由美子一直目不转睛地注视着明智的脸,一语不发。她像座美丽的蜡像似的,就连身体都一动也不动。

防空洞里并不冷,但由于空气一点儿也不流通,所以让人有种压抑的沉闷之感。耳边也有种"嗡嗡"的耳鸣声。

"不是三个人呢。"

沉默许久后，由美子嘟囔了一句。明智立刻就领会了她的意思。可他还没来得及说什么，由美子就又抢着说道：

"七个人……或者更多吧。"

她的语气冷静得仿佛在数自己有几个朋友一般，但包含的意思却十分惊人。她说的话出离了这个世界，与地洞中的黑暗融为了一体。

明智依然面无表情，但在一旁听着的庄司武彦好不容易才大致理解了由美子的意思，恐惧向他袭来。他回想起自己被带入防空洞后所发生的一切，仿佛全都是噩梦。

武彦开始觉得，抱着膝盖蜷缩成一团的由美子看起来就像是草双纸①中的恶女……如妲己般的毒妇阿百、蟒蛇阿由之类的虚构的女妖。就连一身黑色装束的明智在他眼中都变成了故事里的英雄。

"我早就想说给明智先生您听了，我现在说吧。"

由美子调整了一下坐姿，仍是目不转睛地注视着明智的脸。如此妖媚的由美子，武彦还是头一次看到。她的美甚至让人觉得，她已不是这俗世间的女子了。

一身贴身的黑色装束的明智抱着胳膊看着由美子，没有说话。仿佛在讲虚构的荒诞故事一样，由美子平静地开口说道：

・

---

① 草双纸，指日本江户时代的通俗插图小说，每页有图画和图解文字。

"我也不知道这是为什么。既然连我本人都不明白,那么明智先生您不明白也是理所当然的呀。我和普通人不一样。为了让别人看不出这种不一样,我一直都在学习,学习戴上面具伪装自己。

"我六岁那年,有一次曾被我母亲严厉地斥责过。我父亲那时起已不常在家了,我偶尔才能见到他一次,我们家就是这样的家庭。我母亲是个温良的女人,尽管父亲在外寻欢作乐,但她却从未忤逆过他。她就是这样一个老实人,甚至连旁人都替她着急。就是这样一位温良的母亲用充满惧意的眼神看着我,用颤抖的嗓音训斥了我。那时我的奶妈富姨还很年轻,她好不容易才将我从母亲固执的愤怒中解救了出来。

"母亲生气,是因为我杀死了黄莺。那只黄莺原本养在漂亮的鸟笼里,笼子上还挂着紫色的流苏。它是属于我的。那个时候我还没有要好的朋友,所以在这个世界上我最爱的就是那只美丽的黄莺。我觉得它特别可爱,可爱得我忍不住打开笼子的盖子,把手伸进去摸它。我轻轻地握住它的身体,最后把它从笼子里拿了出来,用两只手抓住它,舔舐着它的脑袋、嘴巴和后背。于是,黄莺呼啦一下从我手中逃走了,在宅邸里扑棱扑棱地四处乱飞。我大声唤来了富姨,紧接着我家的寄食学生等人也赶来了,最后他们终于帮我抓住了黄莺。这种事发生了有那么两三回。

"随后,当再一次发生这样的事情时,我终于杀死了黄莺。黄莺看着挺显大,但其实就连孩子的小手都能攥住它。它那温暖而柔软的身体在我手中一颤一颤地脉动着,因为它太可爱了，我忍不住紧紧地攥住它，攥了好久好久，最终杀死了它。母亲发现这件事后十分严厉地训斥了我，让我有些吃惊。

"我压根儿就不觉得自己做了什么坏事，但却被劈头盖脸地责骂了一番，因此我才感到吃惊。大人为何要为这种事训斥我呢，我觉得难以理解也无法忍受。我还不太能理解'杀生'这件事。当然，就连做梦我都想不到，杀生是这个世界上最大的坏事……而且就算到了现在这一刻，我也没真正弄明白，为什么杀生是坏事。只是因为大家都这样说，所以我也跟着这样想而已。我和大家不一样，我没法发自内心地去理解大家说的话。

"母亲这么严厉地斥责我是有缘故的，在我更加幼小的时候有个癖好，那就是杀死漂亮的虫子之类的东西，而我的母亲同大家一样，将此视为极其邪恶的事。或许她认为这种癖好要是越来越严重就麻烦了吧，所以尽管我还是个不懂事的小孩，但她还是不遗余力地斥责我，想让我吃些苦头，改掉这个癖好。

"我小时候是个很喜爱昆虫的大小姐呢，因为虫子这种东西既漂亮又可爱。并且我只要一觉得什么东西可爱，就会产生杀死它的念头。这和我们想吃掉那些佳肴不是同样的道理吗？吃就相当于爱吧，所以杀生也相当于爱，不是吗？我杀死虫子，大人会说我太残酷了，虫子太可怜了。可年幼的我根本就不懂这件事哪里残酷，因为对大人们来说很残酷的事，对我来说只不过是爱到极致罢了。因此，我和普通人不一样。

"通过黄莺事件,我明白了在大人的世界里,'杀生'这件事是罪大恶极之事。然而,我并没有因此而停止杀生,我学会了背着大人偷偷地杀生。自那以后,我还爱过各种各样的小动物。只要我觉得它们可爱得不得了,我就忍不住要杀死它们。就拿那只叫作'阿玉'的小猫来说吧,它是只可爱的三花猫,在它三个月大时,我爱它爱得不行,最终忍不住勒住它的脖子杀死了它。这件事发生在我十岁左右。不过,要是被大人知道可就麻烦了,因此我悄悄地将它埋葬在庭院深处,装出若无其事的样子。我家的庭院很宽阔,茂盛的树木如同森林一般,所以谁都没注意到我埋葬小猫的地方,就连我的奶妈富姨都丝毫没有觉察。

"在我十二岁时,我第一次杀了人,是个总来我家找我玩的男孩子,和我一样大。我比任何人都更喜欢他,爱他爱得发狂,所以我杀了他。当时我常和他在庭院茂盛的树丛中模仿大人谈恋爱。那个时候,我已得知在大人的世界里情欲也是种坏事,所以我们选择躲在树丛中,不让大人们知道。每当那个男孩来找我玩时,我都带他到庭院里玩恋爱游戏。然后,随着这样做的次数越多,我愈发爱他,最终杀死了他。其实我原本是想把他勒死的,就像杀死小猫阿玉那样。但由于对方是男孩子,我在体力上没能敌过他。于是,我便动了动脑筋,将他推进了庭院的池塘里。那时,我家庭院里有个大大的池塘,有些地方的深度以小孩子的身高是踩不到底的。

"我欣赏了会儿他在池塘中挣扎的样子,便回到屋里,装出一副若无其事的样子。一般人这时会感到后悔吧？但我却不知后悔为何物。我只觉得兴奋，那是种到达了爱情极点的满足感。这种满足感令我放松，昏昏欲睡。大家都以为那个男孩是在没人注意到他时不慎落入池中的，很是为他伤心，但没人怀疑和他要好的我会是凶手。

"这是我第一次杀人，在来到大河原家以前，我总共杀了四名男孩或是青年。当然了，随着年龄增长，我也更深刻地明白了，在人类社会中'杀人'这件事是何等深重的罪孽。然而，这并不意味着我自己真正理解了杀人是坏事，而只不过是清楚地了解到法律和道德是这样规定的而已。也就是说，我理解的是杀人后会怎样被世人排斥、会被处以怎样的刑罚。因此，出于对这些事的恐惧，我想尽量不去杀人。可在我情绪高涨时，我根本控制不住自己。这种不正常的性格似乎叫作精神病吧？所以我应该是精神病吧？不过，我并不认为自己有什么病。人类大部分人的性格和习惯是正确的，而与其不同的极少数人的性格就是病态的，我至今也不明白为什么要这样判定。究竟什么才是所谓的'正确'呢？是由多数人决定的吗？

"这些事我自出生以来从未对别人说过一次，因为明智先生您我才决定说的。不过，如果您没识破我是凶手，那我也绝不会说这些话。既然您已经看透了我，那我就说吧……其实我十分渴望能被您识破，我曾多么想见见您啊，并且我曾多么渴望您能看透我真实的一面啊。或者说我是为了让您看透我，才这样做的。尽管我自己没意识到，但在内心深处，我热切地盼望着您能看透我,不是吗?

"那四个人与我是什么关系,我是怎样杀死他们的,我没工夫一一细说了。我对他们都是爱得要死,而且我杀死他们的方式都和那个被我推进池塘里的男孩差不多。我从没用过凶器,也从来没投过毒。因为我很清楚,这样的方式非常危险,容易暴露。实际上,我总是想勒死他们。要是能办到的话,我想像杀死那只黄莺一样,紧紧地抱住他们,使他们窒息而死。我小时候曾读过一本翻译成日语的外国探险小说,讲的是在非洲的荒蛮之地有一支女子军队,她们似乎是亚马逊人[①]的后裔。那些女人穿着布满刺的铁甲,和敌人扭打在一起,紧紧抱住敌人。铁甲上的刺扎穿了敌人的身体,敌人便被杀死了。我读到这儿时,是多么羡慕那些女战士呀。我真想像她们一样紧紧地抱住我的情人。

"我曾命一位对我言听计从的少年从海岸高高的岩石上跳入海中,杀死了他。我早就知道下面的海里有许多凹凸不平的岩石,只要跳下去就一定会撞在岩石上。

"当我开始像模像样地谈恋爱时,我和某位青年去爬山,到底还是将他从悬崖上推下去,杀死了他。那次我模仿了谷崎先生《恐怖剧本》的桥段。您恐怕会说我残酷吧?可就像我刚才说过的一样,我无法理解何为残酷。因为世人所说的残酷,于我而言却是爱情的极致。"

就在这时,在手电筒射向洞顶的呈漏斗形的光束中,唰

[①] 亚马逊人,希腊神话中由女战士构成的部落。

地闪过一个黑影,它扑扇着翅膀,刚要落在由美子的膝盖上,由美子就突然发出了一声惊恐的尖叫声,叫声在防空洞里回荡着。

静止的空气剧烈地流动起来,由美子霍地站起了身,尖叫着:

"庄司,庄司!快杀死它!"

她的叫声中充满了疯狂。

明智拿起手电筒,照向那个从由美子的膝盖上被掸落的东西定睛一看,那不过是具干瘪的螳螂尸体,可能一直挂在洞顶的蜘蛛网上。武彦从口袋里掏出纸巾,包住那只死螳螂,扔到了防空洞中由美子视线范围外的一个角落里。

啊,恰巧和那时一样,武彦心想。在他刚住进大河原家没多久,由美子在檐廊用望远镜观察庭院里的昆虫时,也同现在一样,曾被螳螂吓得魂飞魄散。

这件事明智也听武彦讲过,由美子的日记里也写到过。

"由美子。你那么怕螳螂吗?"

明智用一种异样的语气平静地询问道。由美子连回答的力气都没有了,一动不动地呆立在那儿,浑身发抖。

"蜘蛛啦,蜈蚣啦,蛇之类的,你不怕吗?只怕螳螂吗?"

只见由美子点了点头。

"是的呀,我只怕螳螂……"

她勉强又蹲回了原先的位置上。

"其中的缘故,你自己明白吗?"

由美子没回答。

"你小时候曾亲眼见过,或是在书上看到过螳螂吧?于是你逐渐明白了,螳螂是你的同类。随之而来的是极度的厌恶感,接着厌恶变成了恐惧。看到同类,比看到什么样的怪物都可怕……你知道这件事吗?"

由美子仍没有回答。

"如果你自己没感觉,那应该只有你的潜意识知道,在这种情况下,恐惧又会被强化。蜘蛛也有同样的行为,不过,或许你不知道这一点,所以你才不怕蜘蛛吧。"

明智目不转睛地盯着由美子的脸。出于恐惧,由美子的眼睛也瞪大了,像妖怪似的,回望向明智。

"你似乎还没理解我的意思啊。不论你是亲眼所见也好,还是在书上读到过也好,你都将这个知识封存在了你心底的黑暗中,你对此感到极端的厌恶。每当你看到螳螂,这个秘密都会化身为如同怪物一般的恐惧,出现在你心中。螳螂在交配时,雌性会抬起镰刀形的脖子,吃掉身后的雄性。而雄性则心甘情愿被吃掉。"

明智没说完便缄口不语了,因为防空洞内的空气又开始异常剧烈地流动起来。由美子双手捂住耳朵,像撒娇的孩子一样左右摇晃着脑袋。不只是脑袋,她全身都剧烈地律动着,看起来好像在打摆子。

"我的话让你感到害怕了吗?你不想听?不想听是因为被我说中了吧。你的动机应该是最后谋杀中的一种。你总是想当场勒死对方,就像你勒死黄莺和小猫一样,冲动地想要绞杀对方。出于理性,你延迟了这种行为。虽然延迟了,但绝不会放弃。于是你便思考出复杂的计划，做好充分准备以使自己能够脱罪，最终一定要达到目的。将最后谋杀和计划性的理智组合在一起的犯罪者倒是有不少。不过，像你这样不可思议的组合，在哪国的犯罪史上应该都不曾有过。我不知道该怎样给你这种反常的心理命名。

"你说杀人是爱欲的极致，因为你太爱对方才将他杀死。可螳螂和蜘蛛杀害情人或许不是因为爱。不过，仅限于情人，又是在爱欲的极点咬死对方，从表面上来看的确很相似。人们在表达爱情时有时会说'我想吃掉你'，也许这句话表达的就是众人都潜藏着轻微的欲望，想像螳螂一样在最后进行谋杀。而你呢，你的这个欲望长成了变异的巨人，你简直就是螳螂变的怪物。

"我想到一件事，就是那根白色羽毛的寓意。和字面意思一样，指的就是白羽箭吧？栖身于深山的怪兽向村里人索取美貌的女孩，被选中的女孩家房顶就会插一支白羽箭。村民将女孩装在白乳木做的柜子里，放在山中的神殿前，便离开了。深夜时分，怪兽现身，打破柜子，将女孩咬死。就是这个寓意吧。你是美丽的女妖，牺牲品不是女孩，而是年轻男性。你有一张看起来连虫子都不敢杀的脸，却有这么恐怖的心理，我只能惊叹。

"你不会自杀吧……我最担心的就是这一点。我从一开始就十分留意你的举动。自尊心强、社会地位高的犯罪者经常会随身藏着毒药，以备不时之需。我最担心的一点就是，你是不是也把毒药藏在什么地方了。不过现在我渐渐明白了，你不是会寻死的性格。

"你似乎缺少普遍意义上的名誉心和自尊心一类的东西。你基本上没考虑过大河原家的名誉，没错吧？在男女关系方面，你也将洁身自好这样的感情置之脑后，根本不把接二连三地更换情人当回事。你超越了宗教和道德，不，应该说你远远够不上宗教和道德。你就像野生动物一样，一味沉浸于肉欲之中，看上去就连恋爱是什么你都不理解。尽管如此，你唯有理智异常发达，聪慧过人，这是多么不可思议的性格啊！也许你这样的人百年一遇，我实在无法理解。因为我理解不了，所以才会在这里摆大道理来找回点儿面子。

"你不可能自杀，应该会坦然地出庭吧。或许你对法庭这种地方甚至有些感兴趣。现在我正在揭露你的罪行，但你对我却毫无敌意。这是怎样的性格啊。你甚至爱上了我。在你注视着我的那双美目中，蕴藏着一种野兽的爱欲。没错吧？我很害怕你的眼睛。"

即便像明智这般人物，也开始语无伦次了。他一边冒着冷汗一边继续说话。这名美艳的杀人恶魔有种蛊惑他人的魔力。

"您说得没错。我爱上了您。"

由美子顶着她那张天真烂漫的面孔，说得很是理所当然。

"这么说的话，如果你手里有枪，可能现在就会对我开枪了吧。你就是这样的人。只有我和庄司君知道你的秘密，只要你把我们俩都杀了，你就安全了。你最渴望的就是这份安全。庄司君应该会心甘情愿地为你赴死吧，不过我还没丧失理智呢。即便你和庄司君二人一同对付我,也不可能赢了我。我也不可能被你的美貌和爱情迷住,偷偷放你走。我的性格不允许我做这样的事。"

即使没从明智口中听到这些话,聪慧的由美子似乎也早就知道了。她说:

"我知道自己杀不了您,也知道自己逃不走。您说的全都是实情,全部都是。您进入了我的内心,一眼就看透了连我自己都不了解的深层的意识。我已无话可说,不过要是有机会的话,我想将我的事从小时候开始更详细地讲给您听,只讲给您一个人听。但现在似乎没有这样的机会了。接下来您只管吩咐,我全都会照做的。"

庄司武彦听着二人的交谈,恍如身处噩梦之中。他压根儿就没有力气阻止已经屈服的由美子,同明智为敌。

尽管明智是胜利的一方,但他丝毫不觉痛快。他总觉得在此圆满收场有些遗憾,甚是踌躇。由美子那不可思议的性格、她的美貌,以及她充满爱欲的表白,都让明智感到有些恋恋不舍。然而他克制住了自己的情绪,站起身来。

他快步走出防空洞,然后用尖锐的口哨吹了段奇特的曲调。

于是,黑暗中传来了嚓嚓的脚步声,一个小小的人影走了过来。

"是小林君吗?"

"先生?"

"立刻致电蓑浦君,告诉他我抓住凶手了,要讲清楚这里的位置。"

"遵命。"

那个小小的人影又没入黑暗，走远了。

明智回到防空洞里，见由美子和武彦都还保持着原先的姿势，像假人一样动都没动。

"再过二十分钟警方就来人了……本想通知大河原先生，但还是作罢了。由美子，你想见大河原吗？"

"他一定会伤心的，我想还是晚些再告诉他比较好。但我还是很尊敬大河原的，就像尊敬明智先生您一样。而且我爱他。"

由美子沉着得就像即将被逮捕的人不是她一般。这就是杀害了七名男子，还试图杀害另外两名男性——其中一人是她口口声声说对他敬爱有加的大河原氏本人——的罪大恶极的人吗？竟是这样一位年轻、美丽、高雅的女性？

"我真是搞不懂，不懂你这个人。我还是头一次遇到像你一样的人。"

明智直截了当地表达道。

说完这句话，明智也沉默了。他还有许多想问的事，但现在没心情问。有五分钟左右谁都没说一句话。

"等人可真是太无聊了，要是有副扑克牌就好了。这种时候只有玩扑克牌才是最好的消遣呀。"

由美子满不在乎地嘟囔着。她既没有虚张声势也没有演戏，看起来就像是天真地说着心里话一般。